गलत पता

कहानियां

मीम नाग

अफ़साना पब्लिकेशन
थाणे, महाराष्ट्र, इंडिया

© Afsana Publication
Galat Pata (Short Stories)
By : Meem Naag
Afsana Publication,
(Thane) Maharashtra, India
2nd Edition : December 2023
Printer : Chitra Printing Press, Bhayandar - Thane
ISBN : 978-81-19889-08-2

लेखक या प्रकाशक की पूर्व अनुमति के बिना, इस किताब के किसी भी भाग को पूर्ण या आंशिक रूप से पुनरुत्पादित, चयनित या दोहराया नहीं जा सकता है, न ही फोटोकॉपी, रिकॉर्डिंग, इलेक्ट्रॉनिक, मैकेनिकल रूप से या किसी भी रूप में किसी वेबसाइट पर अपलोड नहीं किया जा सकता है। साथ ही, इस किताब पर किसी भी प्रकार के विवाद को सुलझाने का अधिकार सिर्फ मुंबई (भारत) की न्यायपालिका को होगा।

किताब	: गलत पता
	(कहानियां)
लेखक	: मीम नाग
संकलन/सज्जा	: अनवर मिर्ज़ा
मुख्य पृष्ठ	: आसिफ़ ख़ान / अनवर मिर्ज़ा
दूसरा संस्करण	: दिसंबर २०२३
प्रकाशक	: अफसाना पब्लिकेशन
	मीरा रोड, ठाणे (महाराष्ट्र) ४०१ १०७
मोबाइल	: +91 90294 49173
प्रकाशक	: चित्रा प्रिंटिंग प्रेस, भायंदर - थाणे
मोबाइल	: +91 81698 46694
ISBN	: 978-81-19889-08-2

Afsana Publication अफसाना पब्लिकेशन
Nooh - 54, Room No.903, Opp. Kokan Bank, Station Road,
Mira Road - 401 107 (Thane) Maharashtra, India

	नाग, औरत और कहानी	०५
	तो भय्या क्या करें!	११
१ -	बचपन	१५
२ -	चांद मेरे आजा	२१
३ -	तीर्थ	२९
४ -	गलत पता	३५
५ -	मैं ख्याल हूं किसी और का	३९
६ -	लकड़बग्धा	४३
७ -	समंदर	४७
८ -	ख़ास बात	५३
९ -	हवा की तरफ	५७
१० -	बिल्ली	६३
११ -	जून	६९
१२ -	बिग बैंग	७३
१३ -	नारा	७७
१४ -	छलावा	८५
१५ -	अंधरा आख़िरी ग्राहक	९१

All line art sketches
Courtesy:
Bianca Van Dijk
(Roden/Nederland)

नाग, औरत और कहानी

मीम नाग ने जब मुझे अपने कथा संग्रह की प्रस्तावना लिखने का आदेश दिया, तो मैंने अपनी मसरूफियत के बावजूद हामी भर ली। क्यों? मैं तो प्रस्तावना वगैरह लिखने से जी चुराता हूं, मैंने अपनी किसी किताब की भूमिका न खुद लिखी और न ही किसी से लिखवाई। तो फिर मीम नाग की कहानियों की किताब पर प्रस्तावना लिखने के लिए क्यों सहमत हो गया? शायद उनकी कहानियों पर मैं खुद भी अपनी राय देना चाहता था।

मीम नाग मुझे अपने समकालीन कथाकारों में कई मायनों में अलग नजर आते हैं, इतने अलग कि उनकी काल्पनिक शैली की तुलना उनके किसी भी समकालीन से तो क्या, उनसे पूर्व के कथाकारों से भी नहीं की जा सकती। फिर भी उन्हें नजरअंदाज किया गया, जो आश्चर्यजनक और दुखद है। इसके दो प्रमुख कारण हैं, पहला तो यह कि उन्होंने लगातार कहानियां नहीं लिखीं और दूसरा कारण उनका कलंदराना स्वभाव है, जिसमें उनके अव्यवस्थित जीवन और लापरवाही का बड़ा दखल है। उन्हें कभी अपने होने का एहसास ही नहीं रहा, उन्होंने प्रशंसा और आलोचना की कभी परवाह नहीं की, अपनी कहानियों और कथा संग्रहों के प्रकाशन के मामले में भी वह उदासीन रहे। वह साहित्यिक समाज के किसी ग्रूप से नहीं जुड़े, न ही साहित्य के किसी कबीले का हिस्सा बने। आलोचकों से तो उनका दूर का भी रिश्ता नहीं रहा, तो फिर उनका नाम कथाकारों की किसी सूची में क्योंकर शामिल होता! पत्रिकाओं में बेहद औसत दर्जे के कथाकार, और यहां तक कि फर्जी कथाकारों के विशेष खंड भी छपते रहे, सेमिनारों में ऐसे लोगों को बुलाया भी

जाता रहा, लेकिन कथा साहित्य के किसी भी सेमिनार में आयोजकों को मीम नाग का नाम कभी याद नहीं आया। मीम नाग ने कभी इसकी शिकायत भी नहीं की। लेकिन मुझे उनकी इस आपराधिक उदासीनता पर गुस्सा जरूर आता था। मैं चाहता था कि वह इसकी शिकायत करें, लेकिन वह अपने सुर्मई चमकीले चेहरे और सफेद उजले दांतों से हंस कर रह जाते मानो कह रहे हों "सारी मोह माया है।" शायद यही कारण था कि मीम नाग की किताब में मेरी दिलचस्पी उनसे कम नहीं थी।

१९७५ के दशक में, जब उर्दू कथा साहित्य पर लेखन की आधुनिक शैली पूरी तरह से हावी हो गई थी और कहानी बौद्धिकता का करतब बन गई थी, तब ऐसे कुछ ही कथाकार थे, जो किसी प्रचलित फैशन की परवाह किए बिना, ऐसी कथा रचना कर रहे थे जिनपर आलोचक उपहास करते थे, मानो वे एक अप्रचलित शैली प्रस्तुत कर रहे हों। अस्पष्टता और अमूर्तता को आधुनिक कथा साहित्य की पहचान के रूप में परिभाषित किया जा रहा था। सामाजिक, राजनीतिक और नागरिक विषयों को पूरी तरह से खारिज करके प्रतिबंधित कर दिया गया था। जो कथाकार इन निषिद्ध विषयों का उपयोग करने का प्रयास करता, उसे रूढ़िवादी या प्रगतिशील कहकर तिरस्कार किया जाता। १९७५ के बाद आलोचक ने अचानक ही साहित्यिक परिदृश्य पर उसी तरह कब्ज़ा कर लिया था जैसे कोई निरंकुश सत्ताधारी, लोकतांत्रिक व्यवस्था पर क़ब्ज़े के बाद संविधान को निरस्त कर अपने हंटर के बल पर ऐसी व्यवस्था कायम कर दे कि विचार-विमर्श की प्रक्रिया एक तरफा हो जाए। कथा आलोचकों ने बड़ी चतुराई से साहित्य की बिसात पलट दी थी। कथा साहित्य की सुंदरता और कुरूपता का मूल्यांकन कविता के पैमाने से किया जाने लगा। परिणाम यह हुआ कि कथा और हास्य-व्यंग का भेद मिट गया। साहित्य के सार्वभौमिक सौन्दर्य को निरस्त कर आधुनिक साहित्य के नये सौन्दर्यशास्त्र का सृजन किया गया, कायरता, आंतरिक बिखराव, आत्मदया और व्यक्तित्व की पीड़ा को आधुनिक संवेदना का नाम दिया गया। किसी भी रचना को समय और स्थान की कैद से मुक्त करना और पात्रों को बे-चेहरा रखना जरूरी माना गया। जो लोग प्रसिद्धि की तलाश में साहित्य से जुड़े थे उन्होंने तुरंत

ही आलोचक के इन फार्मूलों का पालन किया। नए कथाकारों ने आलोचक द्वारा निर्धारित मानदंडों के सांचे में शब्दों को भर कर आधुनिक आलोचक की मांग के अनुरूप ही कथा साहित्य का निर्माण किया। इन मासूम लोगों ने यह नहीं सोचा कि उनके पूर्ववर्ती कथाकार और यहां तक कि उनसे भी पहले के लेखक आखिर किस आलोचक द्वारा निर्धारित मानकों को ध्यान में रख कर कहानियां लिख रहे थे?

ख़ैर, कथा साहित्य के उस अशांत युग में, मीम नाग भी उन कुछ कथाकारों में से एक थे जिन्होंने आलोचक को अपने दिमाग के उस हसिसे में डाला जिसे 'याद्दाश्त का कूड़ेदान' कहा जाता है (वास्तव में सभी पेशेवर आलोचकों का उचित स्थान वही है)। मीम नाग ने अपने अन्दाज की कहानियां लिखीं और प्रसिद्धि की आरजू के बिना, उन्होंने अपनी सहज रचनात्मक शैली में चुपचाप और चौंका देने वाला लेखन जारी रखा।

सबसे पहले तो मीम नाग ने अपने नाम से चौंकाया, जितना अनोखा उनका नाम है, उतनी ही अनोखी उनकी कथा शैली भी है। मुख्तार नागपुरी का संक्षिप्त नाम है मीम नाग!

मीम नाग की कहानियों का मुख्य पात्र हमेशा औरत होती है। भले ही वह एकल वक्ता के रूप में मर्द की जुबान में अपनी कहानी सुना रहे हों, तब भी उसकी पृष्ठभूमि में मौजूद औरत अपने वजूद के साथ पाठक की सांसों में शामिल हो जाती है। मीम नाग औरत को ब्रह्माण्ड की उस कड़ी से जोड़ने की कोशिश करते नजर आते हैं, जिसे धार्मिक ग्रंथों ने मनुष्य को विलासितापूर्ण जीवन से वंचित करने का दोषी करार दिया है। औरत पर लगे इस आरोप को वह झूठा मानते हैं और उनकी कहानियों की औरत एक मां, बहन और बेटी होने के साथ-साथ वह औरत भी होती है जिसे खुद भी जन्नत से निकलना पड़ा था। यह औरत उस औरत से बिल्कुल अलग है जिसने आदम को जन्नत से बेदखल करवाया था, बल्कि यह औरत, मर्द के अस्तित्व ही नहीं बल्कि ब्रह्मांड के चक्र के निर्माण को पूरा करने की 'गुनाहगार' भी है।

मीम नाग की कहानियों की भाषा अपने सभी समकालीन कथाकारों से अलग है। वह बहुत सजी संवरी भाषा नहीं लिखते,

उनकी भाषा में गज़ब की सहजता होती है जैसा कि हम 'मंटो' की भाषा में पाते हैं। मेरी नजर में प्रेमचंद के बाद मंटो पहला उर्दू कथाकार था जिसने कथा साहित्य को ऐसे सजे संवरे शब्दों से बचाए रखा जो काव्य या शायरी का गुण है। मीम नाग छोटे-छोटे जुमलों में जटिल पात्रों को इस तरह बयान कर जाते हैं कि शब्द एनिमेटेड लगते हैं। उनकी शैली की मुख्य विशेषता उनकी व्यंग्यात्मक अभिव्यक्ति है जो उनके लेखन की एक विशेषता स्थापित करती है। व्यंग्य में संतुलन न हो तो वह तीखा या फीका हो जाता है। मीम नाग की कहानियों में व्यंग्य न तो कटुता में बदलता है और न ही उपदेश देता है। मीम नाग का पसंदीदा विषय सेक्स है, बिल्कुल उसी तरह जैसे राजेंद्र सिंह बेदी और सआदत हसन मंटो का पसंदीदा विषय सेक्स है, लेकिन बेदी और मंटो फिक्शन में सेक्स को एक-दूसरे से अलग अन्दाज में जिस तरह बरतते हैं बिल्कुल उसी तरह मीम नाग की कहानियों में सेक्स का प्रयोग इन दोनों से बिल्कुल अलग स्तर पर होता है। यहां मंटो और बेदी से मीम नाग की कहानियों का तुलनात्मक अध्ययन इसलिए नहीं किया जा सकता क्योंकि जिस काल में हमारे ये दो महान लेखक कथा साहित्य में सेक्स के बारे में लिख रहे थे, उस काल में यौन प्रवृत्ति इतनी स्पष्ट और जटिल तरीके से समाज का हिस्सा नहीं बनी थी। इसके अलावा, बेदी और मंटो जब सेक्स को 'डील' करते हुए किसी वेश्या को कहानी में चित्रित करते हैं तब वे आदर्शवादी बन जाते हैं। बेदी की औरत हिंदू पौराणिक कथाओं के संदर्भ में आंतरिक स्तर पर एक देवी है। मंटो की औरत वासनायुक्त पुरुषवादी समाज की उत्पीड़ित नारी है। मीम नाग की कहानियों में औरत न तो देवी है और न ही पुरुष के शोषण की शिकार अबला नारी है।

मीम नाग अपने कलम की नोक पर लगे माइक्रोवेव कैमरे से औरत के शरीर के उतार चढ़ाव को 'शूट' करते हुए उसके दिल और दिमाग की अदृश्य तरंगों को कैद करके कागज पर उतार देते हैं। कथा साहित्य में चरित्र की शारीरिक संरचना के साथ आंतरिक संघर्ष को प्रस्तुत करने में मंटो और बेदी से उनकी तुलना इसलिए नहीं की जा सकती, क्योंकि वे दोनों पात्रों की मानसिकता के जटिल धागों को भी सुलझाते चलते हैं। मीम नाग इन दोनों से इसलिए

अलग हैं कि वह बेदी और मंटो की तरह न तो उनके साथ हमदर्दी करते हैं और न ही पाठक को हमदर्दी के लिए उकसाते हैं।

अब सवाल यह उठता है कि मीम नाग अगर औरत को आदर्श रूप में नहीं देखते हैं और उसकी मानसिकता की जटिल गुत्थियों को भी नहीं सुलझाते हैं, तो फिर वो अपनी कहानी की औरत की प्रस्तुति में किस तरह अलग हैं? दरअसल मीम नाग अपने पात्रों, विशेषकर महिला पात्रों की नब्ज बड़ी क्रूरता और उदासीनता के साथ उस डॉक्टर की तरह देखते हैं, जो मरीज के मर्ज को समझने और उसके इलाज में तो रुचि रखता है लेकिन उसे मरीज या बीमारी से कोई भावनात्मक लगाव नहीं होता है।

मीम नाग की कहानियां पहली बार पढ़ने पर एक सपाट बयान लगती हैं। उनकी दुर्लभ उपमाएं और व्यंग्य की धीमी आंच कहानी को रोचक तो बनाते हैं लेकिन पाठक पर रौब नहीं गांठते, बल्कि मीम नाग बहुत ही सरल और सहज स्वर में उलझी हुई जिंदगी में भी सेक्स की खुशी को पेश कर देते हैं। यही मीम नाग की कला और कमाल है कि वह पेचीदा खयाल को भी बड़ी ही सरलता और मासूमियत से कहानी में पिरो देते हैं। शायद यह भी एक कारण है कि मीम नाग के कहानियां या अफ़साने अपने ट्रीटमेंट और शैली के कारण सामान्य उर्दू अफ़सानों से अलग लगते हैं और उनका स्वाद हमारी चेतना का हिस्सा नहीं है लेकिन वे एक अजीब से सुखद बदलाव का एहसास ज़रूर करते हैं।

● *साजिद रशीद*

गलत पता ● मीम नाग

तो भय्या क्या करें!

पिछले ३५ वर्षों से मैं ने अपनी कहानियों में जो कुछ लिखा है वह केवल इस उद्देश्य के तहत कि जिस व्यक्ति का नाम 'मीम नाग' है उसकी कहानी बयान कर सकूं। मैं सोचता हूं कि एक रचनाकार में सादगी, विश्वास, धैर्य और सच्चाई के तत्व ही उसके उद्धार का रास्ता हैं।

जिन्दगी मेरी उस्ताद रही है और कहानी मेरी ढाल बनी है।

मैं समझता हूं कि जिन्दगी में जो कुछ खत्म होता जा रहा है, साहित्य उसका आखिरी शरण-स्थल है। आज हमारी जिन्दगी इतने रंगों में, इतने स्वरूप ले चुकी है कि एक चीज के बारे में लिखने का अर्थ है करोड़ों चीजों के बारे में न लिखना!

क्या यह संभव है कि एक साहित्यिक रचना किसी एक व्यक्ति के बारे में भी हो और साथ ही साथ सबके बारे में भी हो?

साहित्य ने बार-बार साबित किया है कि जिन्दगी के रहस्यों और भूल-भुलय्यों को समझने के लिए साहित्य से बड़ी कोई कुंजी नहीं है, जिन्दगी का गुण अनकहे शब्दों में ही पाया जाता है, कोई कहानी जो लिखी जाती है, वास्तव में वह उस कहानी का संकेत होती है जो अभी तक लिखी नहीं गई। मेरे लिए रचनात्मक प्रक्रिया एक दिलचस्प खोज, खुद को समझने और आगे बढ़ने का ज़रिया रही है।

मुंबई आया, तो बाहर के सारे रास्ते बन्द हो गए। यह शहर मुझे ललचाता और सपने दिखाता रहा। यह शहर मेरे लिए एक चूहा-दान साबित हुआ, जिसमें रोटी का टुकड़ा फंसा था। मैं रोटी पाने अन्दर क्या गया, सारी दुनिया बाहर रह गई। बस फिर क्या

था, तमाशा शुरू हो गया। चूहा बिल्ली की दौड़, म्यूजिकल चेयर का मुकाबला। संक्षेप में यह कि एक मौसम मेरे अंदर था और एक मौसम मेरे बाहर था, इन दोनों मौसमों में तालमेल रखते हुए, मेरी हालत तनी हुई रस्सी पर चलने वाले बाजीगर की तरह हो गई।

पिंजरे का शटर गिर चुका था। बिल्लियों ने पिंजरे को बाहर से घेर लिया था। मैं चकर-घिन्नी की तरह लट्टू बना दिया गया था। हालात ने मेरे आटे को गूंध कर पराठा बना दिया था, सुबह सही-सलामत घर से निकलता, मगर दिन भर गेहूं की तरह इतना पीसा जाता कि खुद अपनी पहचान खो बैठता था।

नाकामियां 'बी जमालो' की तरह भूसे में चिंगारी डाल कर तमाशा देखती रहीं।

तो भय्या क्या करें! कहां-कहां से रफू करें गिरेबान।

१९७५ आते-आते, मैं बेरोजगारी के हाथों पस्त हो चुका था। पिताजी अपने सपनों को टूटता देख रहे थे। उस दौरान 'मीम नाग' के नाम से उर्दू भाषा की साहित्यिक पत्रिकाओं में लगातार कहानियां लिखने लगा था। मगर कहानियों से किसका पेट भरता है? मुंबई से गोवा गया। गोवा में सीबा कंपनी की कैंटीन में सुपरवाइजर बना, और इसी दौरान एक टेलीग्राम आया कि हार्ट अटैक से पिताजी चल बसे। ऐसे में मेरी हालत हुई 'निदा फाज़ली' के शब्दों में -'मैं रोया परदेस में!'

गोवा से मुंबई लौट कर समाचार पत्रों में आश्रय ढूंढा। हिंदी में भी लिखा। अधिकारिक और गैर-अधिकारिक स्तर पर अनुवाद का काम भी जारी रहा। टीवी सीरियलों के लिए घोस्ट राइटिंग भी की। कलम से रोटी बनाने के चक्कर में नागपुर से संबन्ध जैसे टूट सा गया। मैं नागपुर से प्यार करता था। नागपुर ने मुझे वह सब कुछ दिया था जो बचपन और लड़कपन का आधार बनता है। वहां मैं एक पतंग की तरह उड़ता, लेकिन तेज मांझे से कट जाता था। जहां मैं एक लट्टू की तरह घूमता था, मगर जाली साथ छोड़ जाती थी। मैं नागपुर की सड़कों, गलियों का दीवाना था। नागपुर ने मुझे अपने अंदर झांकना सिखा दिया था लेकिन वापसी का दरवाजा बंद कर दिया था, या यूं भी कह सकते हैं कि मैं 'खुल जा सिम सिम' कहना भूल गया था।

मुंबई ने मुझे 'खुल जा सिम सिम' कहना सिखाया। यहां भागम-भाग थी, दृश्य तुरंत बदल जाते थे। बहुत जल्द फैसले करना होते थे। नागपुर की तरह यहां गुलाबी सर्दियां नहीं थीं। यहां वह लड़की नहीं थी जो हंसती तो फूल झड़ते, रोती तो मोती बिखरते। मैं तो फंस गया था भागम-भाग और रोटी के चक्कर में। हर दिन नए सपने देखता, भीड़ में भी अकेला और अकेला होते हुए भी भरी सभा में! अजीब जिन्दगी थी। मैंने सोचा, मुंबई से भाग चलें, मगर पैरों में जंजीरें थीं।

मुंबई से आगे जाना मुश्किल था क्योंकि मुझे पता था आगे समंदर है। रोटी का चक्कर मुझे मराठवाड़ा के छोटे से शहर 'बीड़' में ले आया। बीड़ में, मैंने बहुत दिनों के बाद साफ और स्पष्ट आकाश देखा। सूरज को डूबते और निकलते भी देखा।

बीड़ में मेरे नाम की रोटियां खत्म हो गईं, तो मैं फिर मुंबई लौट आया। कहते हैं कि इंसान कभी अपना पहला प्यार नहीं भूलता। मैं भी नागपुर को कभी भूल नहीं सका। फासले बढ़े लेकिन प्यार और गहरा हुआ। अब आगे देखिए, मुकद्दर के कागज पर क्या लिखा है!

● **मीम नाग**

बचपन

शाम से पहले ही अंधेरों ने नूरजहां के झोंपड़े पर डोरे डाले और वहां के हर उजाले को निगलने लगे। आज सारा दिन आकाश घंघोर घटाओं से घिरा रहा। सूर्य भी कभी-कभार ही दिखाई दिया।

आज दोपहर नूरजहां की मां अपनी किसी सहेली के घर चली गई। खाना खा कर जब नूरजहां आंगन में आई और जंगले पर खडी हुई, तब हम लोग गिल्ली डंडा खेल रहे थे।

नूरजहां के घर कोई न था। मां भी नहीं थी। कितने दिन बीत गए, उसकी मां ने उसे अकेला नहीं छोड़ा। पहरे बिठाए। वर्ना क्या वह यूं रुक जाती? वह हमें खेलता हुआ देख कर अपने आपको रोक नहीं पाई। झट झोंपड़े का दरवाजा बन्द किया, जंजीर चढ़ाई और अपने पैरों की जंजीर खोल कर, एक ही छलांग में तार का जंगला फलांघ कर तीर की तरह हमारी टोली में आन मिली। हम सभी एक दूसरे को खुशी और हैरत से देखने लगे। और गिल्ली डंडा छोड़ कर 'पकड़म-पकड़ी' खेलने लगे।

नूरजहां जब कभी खेलना चाहती, तो हम उसे मना कर देते, क्योंकि उसके शरीर से दुर्गंध आती थी। जब हम उसे खेल में शामिल नहीं करते, तो वह मुंह बिसूरे अपनी अंगनाई से हमें अपनी जबान निकाल कर चिढ़ाया करती। वह बहुत कम नहाती थी। ऐसा नहीं था कि वह रेगिस्तान में रहती थी या पानी महंगा था। नहीं, पानी तो बहुत था, लेकिन वह बहुत कम नहाती थी और जब स्नान कर लेती, तो खेलने का बहाना ढूंढती। सारा बचपन खेल में गुजरा था, और अब वह बड़ी तेजी से जवानी की तरफ बढ़ रही थी। एक धुंधलका सा था कि जैसे चीजें डूब रही हों और उभर रही हों, जैसे कि अंधेरा, उजाला एक-दूसरे में विलीन होकर कर अपनी पहचान खो रहा हो।

पिछले दो महीनों से वह हमारे परिसर में कम ही आई थी क्योंकि उसकी मां

हमेशा घर पर रहती थी और उसपर कड़ी नजर रखती थी। मां उसे यह एहसास दिलाने की कोशिश करती कि वह अब जवान हो गई है और अब उसे बचकाने खेल नहीं खेलना चाहिए, दुपट्टे से सीना ढंकना चाहिए, घर पर कुछ सीना पिरोना, खाना पकाना सीखना चाहिए। लेकिन खेल तो नूरजहां की जान थे, उन्हें कैसे छोड़ देती? बचपन उसे छोड़ रहा था लेकिन वह बचपन को नहीं छोड़ती थी।

उसे जंगले पर खड़ी देख कर मैंने पूछा। 'अब कब नहाओगी नूरजहां?'

'शुक्रवार को।'

'धड़ से नीचे नहाओगी कि सिर से!'

'दोनों से!' वह जवाब देती। मैं हंसता, वह मुंह बिसूरे चली जाती।

उम्र के हिसाब से वह हम सभी से बड़ी थी। यह वह जमाना था जब हम जवानी के रिश्तों और रहस्यों से अनजान थे। कोई एहसास पुख्ता या स्पष्ट नहीं था।

'नूरजहां, तुम घर जाओ, तुम्हारी मां 'बोम' मारेगी।'

लेकिन वह नहीं गई। नूरजहां का कुछ नहीं बदला था, शरीर के अतिरिक्त, और हमारा बहुत कुछ बदल गया था!

***

अब जो लड़का खेल का दांव देने गया, तो किसी सुरक्षित जगह पर छुपने के लिए हम नूरजहां के पीछे भागे। वह जिधर भागी, हम उधर भागे और कोने में छुप गए। गिल्ली और डंडा दूर-दूर पड़े थे। नूरजहां संतुष्ट थी कि वह दांव वाले लड़के की नजरों से ओझल थी। दांव भले ही किसी पर आए, उस पर आने वाला नहीं था। लेकिन दांव तो उसी पर आया। मनोहर, जो हम सब में बड़ा था, उसने अपनी निगाहों का काक्रोच नूरजहां के ढीले ढाले फ्रॉक के चौड़े गले में छोड़ दिया। काक्रोच फ्रॉक के अन्दर कुलबुलाने लगा तो नूरजहां वहां से फ्रॉक झटकती भागी और दांव उसपर आ गया।

खेल चलता रहा। नूरजहां कुछ न समझी। मनोहर और भी मनचला हो गया। वह अंधाधुंद भागा और नूरजहां को पकड़ लिया। नूरजहां हंस रही थी कि कैसे छकाया और कैसे दौड़ाया। मनोहर खुश था कि शरीर जो आकार ले रहा था, और कांसनी रंगत जो तेज दे रही थी, और कच्चे आम की बू-बास जो महक रही थी, वह उन मोहक, मादक अनुभवों का आनन्द ले रहा था। नूरजहां अब पहले की तरह कोई सूखी, सड़ी सी लड़की नहीं थी, अब तो उसमें एक दिलकश उठान थी। एक बारूद थी कि ढूंढ लो फीता और लगा दो आग! वह एक भूकंप थी कि झटका लगे तो अन्दर की बहुमूल्य धातु बाहर निकल आए!

क्या नूरजहां समझ नहीं रही है कि यह बचपन का खेल नहीं? इसके कुछ अन्य और अलग नियम हैं। वह जो रामकिशन पानी के नल पर नूरजहां की प्रतीक्षा में रहता है, तो क्या वह उसकी निगाहों का मतलब नहीं समझती? बगल वाला चव्हाण कारपेंटर, जो कार पेंट नहीं करता बल्कि रंदे से लकड़ियां छीलता है, उसका रंदा कितना तेज है? उस रंदे से क्या वह सिर्फ लकड़ियां ही छीलता है? जब नूरजहां सामने आई, तो रंदा चला दिया! तो क्या नूरजहां फिर भी अनजान है?

स्कूल जाने के लिए, मैं नूरजहां को बुलाने झोंपड़े में गया। वह गंदे कपड़े पहने अपनी जांघ खुजला रही थी। मां ने देखा तो चिल्लाई, 'खुजा क्यों रही है रांड! कितनी बार बोली पेशाब को पानी लिया कर!'

नूरजहां मेरे सामने झेंप गई। उसकी मां ने मुझे देखा तो कहा। 'क्यों नूरी! तुझे स्कूल नहीं जाना है क्या? चल तैयार हो।'

वह बोली, 'लेकिन आज तो छुट्टी है।'

मैंने कहा, 'नहीं तो, किसने कह दिया?'

नूरजहां की मां ने कहा, 'काहे की छुट्टी? तेरा बाप मर गया है क्या?'

मैं एक टूटी हुई कुर्सी पर बैठ गया और स्कूल का बस्ता एक तरफ रख दिया। उसकी मां आंगन में गोबर के उपले थापने चली गई। नूरजहां ने पहले हाथ मुंह धोए, फिर पोंछे और मुझ से बोली, 'जरा ठहरो, मैं कपड़े बदल लूं। तुम जाओ नहीं। जरा आंखें बंद कर लो, खोलना नहीं जब तक मैं न कहूं!' और वह कपड़े उतारने लगी।

मैं थोड़ी देर तक आंखें बन्द किए बैठा रहा। फिर अचानक मुझे छींक आ गई और मेरी आंखें खुल गईं, तो मैंने जो देखा, उस स्थिति में नूरजहां को देख कर घबरा सा गया।

नूरजहां ने तुरंत कुर्ता अपने सामने कर लिया, तो क्षण भर के लिए सिर्फ उसकी भरी-भरी कांसनी टांगें ही मेरे सामने रह गईं। 'तुम्हें कहा था ना कि आंखें नहीं खोलना!' वह मुस्कुराते हुए बोली।

जब हम स्कूल जाने लगे, तो मैंने उससे पूछा, 'आज तो तुम तमाम सवालों के सही जवाब दोगी ना नूरजहां।'

'जब तुम सही जवाब दे सकते हो, तो मुझे जवाब देने की क्या जरूरत है? मेरी नाक सलामत है, पकड़ना मेरी नाक और मारना चांटा!'

'लेकिन ऐसा कब तक चलेगा?'

'जब तक तुम बड़े नहीं हो जाते।'

***

खेल फिर शुरू हुआ। मैं और नूरजहां बाथरूम में जा घुसे और दरवाजा बन्द कर लिया। धक धक, धक धक की तेज आवाज जैसे छातियों में पानी का पंप चल रहा हो। हम उस लड़के का इंतजार करने लगे जो हमें ढूंढने, पकड़ने आने वाला था। लेकिन जब वह बहुत देर तक न आया तो मैं ने उस से कहा, 'अब तुम जाओ नूरजहां, तुम्हारी मां आ गई होगी।'

उसने मेरी तरफ देखा और बोली, 'तुम ने जो उस दिन मास्टर के कहने पर मेरी नाक पकड़ी थी और एक तमांचा जड़ दिया था, तब मुझे तुम पर बड़ा गुस्सा आया था।'

मैंने कहा, 'तुम अभी तक वह बात नहीं भूलीं नूरजहां। मैंने कोई दिल से तो नहीं मारा था। मास्टर ने कहा इसलिए मारा। और फिर तुमने सवाल का जवाब भी तो गलत दिया था। मैं कहां दोषी था? तुम प्रश्न का सही उत्तर देना सीखो, फिर देखो कि कौन तुम्हारी नाक पकड़ कर चांटा मारता है।'

वह हँसी, 'तुम्हारी ऐसी ही बातें तो मुझे अच्छी लगती हैं छोटे। मैं तुम्हें इनाम दूंगी।'

'क्या...?'

उन दिनों मुझे काफी पुरस्कार मिलते थे। हर साल फर्स्ट आने पर पिताजी से, डिबेट में, खेल में स्कूल की तरफ से, भाई साहब की तरफ से। इसलिए मैं पूछ बैठा।

'कब दोगी इनाम?'

'अभी लो!' और उसने अपने होंठ मेरे होंठों पर रख दिए।

फिर बोली, 'मेरा इनाम पसंद आया?'

'छी! गंदी लड़की हो तुम।' मैंने मुंह फेर लिया तो वह हंसती हुई दरवाजा खोल कर भाग गई।

'कल मैं नहाउंगी, कल शुक्रवार है।' जाते-जाते उसने कहा।

वह चली गई। फिर शाम हो गई। अब जो बादल घिर आए थे, बरस गए।

और अब शाम के झुटपुटे निगलती अंधेरी रात आ गई थी। गुसलखाने के पीछे साबुन के झाग और काई के चकले वाला गंदे पानी की छोटी सा टब भर गया था, और मेंढक टरटराने लगे थे।

***

'पकड़म पकड़ी' का खेल शुरू था। दांव देने वाला 'करीमू' अपनी आंखें बन्द किए खड़ा हो गया, लेकिन आंखें बंद करने का ढोंग करते हुए वह भी देख तो रहा था! सभी बच्चे शुतुरमुर्ग की तरह इधर उधर रेत में गर्दन छुपाए हुए थे। अर्थात छुपे

भी थे और नजर भी आ रहे थे। कोई दरवाजे की आड़ में, तो कोई दीवार से लगा हुआ। कोई ड्रम के पीछे तो कोई सीढ़ी के नीचे!

नूरजहां भी अस्तबल में छुप गई। मैं टूटी हुई मोटर कार के ढांचे के पीछे उकड़ूं बैठ गया था। नूरजहां मुझ से इतनी करीब थी कि मैं उसके दिल की धड़कन सुन रहा था।

तभी अचानक नेचर कॉल ने उसे मजबूर किया। उसने टोह ली और महसूस किया कि आसपास कोई नहीं है। वह तुरंत शलवार नीचे खिसका कर उकड़ूं बैठ गई...

मैं सामने ही बैठा था।

जब वह उठ कर शलवार बान्धने लगी, तो अचानक मैं उसके सामने आया। वह पल भर के लिए ठिठक गई।

मैं ऐसे खुश था जैसे मुझे कोई खजाना मिल गया हो!

'मैंने तो सबकुछ देख लिया।' मैंने अपनी जीत का ऐलान किया।

वह शर्मा गई। पहले उसकी नाक, फिर पूरा चेहरा लाल हो गया। कुछ क्षणों बाद, उसने मेरी नाक पकड़ कर हिलाई और बोली, 'छोटे! तू तो सचमुच बड़ा हो गया रे...!'

✍ ✍

चांद मेरे आजा

डॉक्टर ने अखबार में समाचार पढ़ कर अपनी पत्नी से कहा।
'कुछ सुना तुमने। हमारा जो चांद है, वह यूरेनस वाले मांग रहे हैं।'
'क्या...? क्या...? मैं कुछ समझी नहीं।'
'अरे बाबा, हमारा जो यह चांद है, यानी हमारी पृथ्वी का चांद जिसे देखकर हम इश्क करते हैं, हम छत पर चढ़ कर, जिसकी चांदनी दूध में उतारते हैं, समंदर जिसे पाने के लिए मचलता है, चकोर जिसके चक्कर काटता है वही चांद, चक्की पीसने वाली बुढ़िया का चांद, और वह चांद जिस पर आर्मस्ट्रांग ने पहला कदम रखा...और कुछ कहूं?'

इतने में क्या हुआ कि चांद बादलों की ओट से निकल कर खिड़की में आ गया और दोनों की बातें सुनने लगा।

'हां तो मैं कह रहा था, युरेनस एक ग्रह है, वहां प्राणी हैं।'
'लेकिन अभी तक तो सुना था कि किसी अन्य ग्रह पर कोई प्राणी नहीं है।'
'हां! लेकिन पता चला है कि वहां प्राणी हैं और वह सदियों से हमें इशारे कर रहे हैं, सिग्नल दे रहे हैं लेकिन कौन उनका सिग्नल समझता...हमें तो दूसरे बहुत से काम हैं, हमें तो अपनी रोटी का जुगाड़ करना है, हमें तो अपनी कुर्सी बचानी है, हमें तो अपनी दाल पर दूसरों की रोटी खींचनी है, हमें तो दोस्त की टोपी उछालनी है, हमें तो खरगोश की तरह दौड़ कर फिर सो जाना है।'

'अरे भई मैं समझ गई। अब आगे भी तो बताओ।'
'हां तो अब हमें लगता है कि हम यूरेनस के संकेत समझने में सक्षम हो गए हैं और अब हमें पता चला है कि वे लोग वर्षों से हमारे चांद को मांग रहे हैं और कहते हैं कि हमारे एक चांद के बदले वह हमें दो चांद देंगे, एक नहीं, दो!'

'ओह माई गॉड! दो चांद...यानी आकाश पर दो चांद निकला करेंगे। अच्छा यह तो बतलाओ कि वे दो चांद कहां से लाएंगे?'

'कहां से लाएंगे? अरे उनके पास ऑलरेडी पंद्रह चांद हैं।'

'पंद्रह चांद! लेकिन क्या हम उन्हें अपना चांद दे देंगे?'

'क्यों दे देंगे? क्या हमारा चांद मिट्टी का ढेला है कि मांगा और दे दिया! कवि-शायर परेशान हैं, मछुआरे हैरान हैं, और फिर हमारी परंपराओं का क्या होगा? और हमारे इश्क का, और चांद से मुखड़े वाली मिसाल का, और उस ज्वार भाटा का क्या होगा जो चांद के बिना न उठ सकता है न बैठ सकता है, और आधी रात वाले उस जुनून का क्या होगा जो पहाड़ काट कर नहर निकालता है?'

'तुमने बड़ी अजीब खबर सुनाई। लेकिन यह तो बताओ, वह चांद की बुढ़िया क्या कहती है?'

'तुम तो बच्चों जैसी बातें करती हो। अरे वहां कोई बुढ़िया थोड़े ही है।'

'चलो हटो! वहां सदियों से बुढ़िया रहती है। अब अगर उसे बेघर कर दिया गया हो तो अलग बात है।'

'अरे भई! अब तुम्हें क्या बताऊं, आर्मस्ट्रांग ने जब चांद पर कदम रखा, तो वह बुढ़िया वहां नहीं थी।'

'अच्छा! तो उस समय वह वहां नहीं थी, इसलिए वहां नहीं है? और हम जो सदियों से उस बुढ़िया को यहां से देख रहे हैं, उस परंपरा, उस कल्पना का क्या?'

'कल्पना तो कल्पना ही होती है ना। हकीकत तो नहीं होती।'

'लेकिन यह युरेनस वाले कौन होते हैं हमारी कल्पना, हमारे सपने और हमारी परंपरा को तोड़ने वाले। उन्हें सबक सिखाया जाना चाहिए। खैर, तुम मुझे इतना बता दो कि यूरेनस वाले दो चांद क्यों दे रहे हैं?'

'एक चांद तो हमारे चांद के बदले में, दूसरा हमारे लिए उपहार!'

'अच्छा! यह तो बड़े दानी लोग लगते हैं।'

'और काफी मालदार भी हैं। शायद तुम नहीं जानतीं, वह दोनों चांद गोल्ड के हैं। पूरे गोल्ड के, २२ कैरेट के नहीं, शुद्ध सोने के।'

'वाह! तब तो सोना सस्ता हो जाएगा।'

'हां, शायद इतना सस्ता, कि कोई पूछेगा भी नहीं।'

'सस्ता हो भी जाए तो सोना, सोना है, उसकी कद्र कम थोड़ी होगी।'

'क्यों? सस्ता हो जाने पर कद्र कम क्यों नहीं होगी? हो सकता है उस वक्त लोहा महंगा हो जाए और महिलाएं लोहे के गहने पहनें!'

'यानी सुनार, लोहर बन जाएंगे। यह भी खूब कही! आज तो आपने कमाल कर दिया।'

***

एक तेज रतार मोटरसाइकिल जन्नाटे के साथ गुजरती हुई, हवा से बातें करती हुई!

नाजो कपड़े बदल कर आईने के सामने खड़ी थी कि मां की आवाज आई।

'नाजो, जरा सब्जी देखना, मैं काकी से बात करके आती हूं।'

नाजो ने सोचा, मां अब घंटा भर चांद के बारे में बातें करेगी, और सब्जी कौन देखेगा? मैं तो आईना देखूंगी!

आईने का सच नाजो का सच हो गया। चुपके से जरा चेहरा घुमाया, गर्दन झुकाई और शरीर की उठान, ढलान पर ध्यान गया, कि तभी मां की आवाज आई।

'नाजो! मैंने तुझे सब्जी देखने के लिए कहा था ना? सब्जी तो जल गई! कल दूध भी उफन गया था। इसी लिए मैं किसी काम को नहीं कहती। कहां रहते हैं होश? इतनी बड़ी हो गई है घोड़ी की घोड़ी, क्या कर रही थी आखिर?'

वह क्या बताए कि क्या कर रही थी, और क्यों कर रही थी? इतना ही समझ पाती तो सारी पहेली सुलझ न जाती! बस ऐसा लगता जैसे कोई अनकहा एहसास अंदर ही अंदर जोश मार रहा हो, सब कुछ बदला बदला सा, किसी परिवर्तन पर वह थ्रिल्ड, किसी पर आश्चर्यचकित, किसी बदलाव पर कुछ न समझ पाने की मजबूरी में आंखों में नमकीन आंसू, मां, बाप, भाई और बहन के बीच, उसकी एक अलग ही दुनिया आबाद हो रही है जिससे किसी को कोई सरोकार नहीं!

***

एक तेज रतार मोटरसाइकिल जूं...जूं...की आवाज के साथ गुजर गई! यानी गधे के सिर से सींग की तरह, मौजूद भी गायब भी!

देर तक उसे नींद न आई! सो गया होगा क्या वह लड़का? कि जागता होगा, जन्नाटे भरता होगा, कि जूं...जूं...करके मोटरसाइकिल फटफटाता होगा?

लवलेटर के शब्द नाजो को सबक की तरह याद हो गए थे। प्यार क्या होता है? क्या प्यार हवा के झोंके की तरह होता है, कि आया और बाल बिखरा दिए, कि शोल्डर बैग और कपड़े लथपथ कर दिए, कि मिला और किसी अंधेरे कोने में बुरी तरह भंभोड़ डाला, शायद हां! शायद नहीं!

दीदी इस अर्थ में उसका आदर्श थी। प्यार क्या होता है, यह क्या है जो दिल में गिरता है, शरीर में बनता बिगड़ता है। एहसास जब धुंधल्के बन जाते हैं, भावनाएं जब छटपटाती रह जाती हैं, क्या इसी का नाम प्यार है? दीदी हमेशा उसे रहस्यमयी लगी, और वह माया को हमेशा दीदी के संबंध में कुरेदती रही। वह उसे देखती, कभी उपन्यास पढ़ते, कभी ब्रेजियर कसते हुए, कभी बालों में गजरा लगाते, कभी गुनगुनाते, जैसे उसे कोई खजाना मिल गया हो!

सो गया होगा क्या वह लड़का? कि जागता होगा? फर्राटे भरता होगा मोटरसाइकिल पर?

नाजो ने आज जिद्द करके साड़ी ब्लाउज पहना था अन्यथा हमेशा शलवार कमीज! वह धमाचैकड़ी मचाने वाली लड़की थी। स्कर्ट ब्लाउज या शलवार कमीज वाली बात अलग है, लेकिन साड़ी ब्लाउज में धमाचैकड़ी मचाएं तो साड़ी एक अजीब अन्दाज में विरोध करती है। माया ने उसकी बड़ी प्रशंसा की, साड़ी का पल्लू सही किया, फॉल सुधारे, एक दो चुटकियां भी काटीं। नाजो जोर से चिल्लाई भी। आगे से, नीचे से, और पीछे से ऊपर हो जाने वाली साड़ी का घेर ठीक किया, ब्लाउज के अंदर ब्रेजियर को छुआ, फिर एक दो गाल-गच्चे तोड़े, नाजो लाल फटक!

वह माया के पीछे दौड़ी तो माया न जाने कहां जा छुपी!

***

पत्नी ने डॉक्टर से पूछा, 'चांद का क्या हुआ?'

'अभी तक सोच विचार चल रहा है कि चांद दें कि न दें। कल तो चांद खिड़की में भी आया था, यानी अभी कोई ऐसी बात नहीं हुई।'

'मगर अपने चांद में उन्हें इतनी दिलचस्पी कैसे पैदा हो गई?' अपना चांद उनके किस काम आएगा।'

'होगा अपने चांद में कुछ ऐसा जो उनके लिए मूल्यवान होगा। चांद सदियों से हमारे काम आता रहा है, उनके भी काम आएगा कुछ न कुछ।'

'ऐसा हो गया, तो हमारे चांद वाले सारे फिल्मी गीत, कहावतें और शायरी, सब अर्थहीन हो जाएंगे!'

'हां, कुछ भी हो सकता है, समंदर में तूफान, जमीन सफा चट।'

'ओ माई गॉड! फिर...?'

'अभी तो सोच विचार चल रहा है।'

***

हमेशा की तरह, वह लड़का बाल्कनी में खड़ा था। लड़का जानता है नाजो कब लौटती है। वह बाल्कनी में आई। लड़के के हाथ में अखबार, उसने बालों पर हाथ फेरा, नाजो बाल्कनी से नजर आते बाथरूम में चली गई। नाजो ने झांक कर देखा तो लड़का जहां का तहां खड़ा था। उफ! लोग चांद पर पहुंच गए, और यह लड़का!

नाजो ने अपने आपको बहुत प्यार से चेक किया, वह दिन प्रति दिन सांचे में ढलती जा रही थी। कौन था जो उसे इतनी फुर्सत से ढाल रहा था। वह कौन था जो उसके अंदर छुपा बैठा था और सामने नहीं आता था।

'नाजो, कब तक नहाओगी? कितनी देर हो गई।'

नाजो जैसे परिंदा थी कि उड़ते-उड़ते जमीन पर गिर गई। उसने सोचा, बस यही समस्या है। बाथरूम जाओ तो मुश्किल, न जाओ तो मुश्किल। उसने तुरंत शॉवर का नल पूरा खोल दिया। पानी उसके शरीर पर मले हुए साबुन का सारा झाग बहा कर ले गया। अपने आपको तौलिए में लपेट कर बाहर आई तो देखा, लड़का फिर बाल्कनी में। वह जानता था कि नाजो नहा कर निकलेगी। नाजो को लगा तौलिए के अंदर कॉक्रोच घुस आया है। वह उछल कर भागी, तौलिया शरीर से छूटते-छूटते बचा।

मां ने पूछा। 'क्या हुआ? नाच क्यों रही हो?'

वह बोली, 'कॉक्रोच!'

मां बोली, 'दवा तो मैं ने कल ही मारी थी। बाथरूम में कॉक्रोच कहां से आ गया।'

पिताजी ने कहा, 'सुबह मैं नहाया, तो एक भी कॉक्रोच नहीं था।'

***

सारे में हंगामा मचा है। मोटरसाइकिल आ रही है कि जा रही है पता नहीं, हेलमेट पहन कर लड़का चला रहा है मोटरसाइकिल। नजर आती है सिर्फ रफ्तार, और रफ्तार ही प्यार है!

काश! नींद की बतख आज भी सोने का अंडे दे। दिन के उजाले में अंडे फूट जाएं। चूजे चूं-चूं करने लगें, एक सनसनी रगों में दौड़ जाए, उजाला भी भला लगे और अंधेरे पर भी प्यार आए। काश, समय थम जाए। कप की आइसक्रीम कप में जम जाए। इतना पानी बरसे कि सारा बचपन उसमें बह जाए। यह शर्म, यह झिझक खत्म हो जाए, और जब शरीर सामान्य हो तो लगे जैसे नया जन्म हुआ है।

'मुझे मेरे बारे में बताओ लड़के!'

'तुम मेरी जिन्दगी हो डार्लिंग! देखो, मैं तुम्हारे प्यार में किसी मजनू की तरह, फासलों की यह दीवार चाट रहा हूं। यह दीवार कभी तो पतली होगी, कभी तो गिरेगी। हजारों पहरे हैं लेकिन मैं अकेला अपनी बाइक पर, पहाड़ काटने के लिए निकल पड़ा हूं। यह देखो मेरा अस्त्र, वह रहा पहाड़, निकालूंगा नहर, चांद तारे ही क्या, मैं यूरेनस तक जाऊंगा, और मैं तुम्हारे कदमों में तारे बिछा दूंगा। इन तारों को एक कनस्तर केरोसिन या दो जोड़ी कपड़ों के बदले नहीं बेचूंगा। खातिर जमा रखो, एक न एक दिन यह दीवारें ढए जाएंगी। तब मैं तुम्हें बताऊंगा कि तुम क्या हो!'

'मेरे कानों में सन्नाटा बजता है लड़के।'

'मैं दीवार चाट रहा हूं, मैं नहर खोद रहा हूं। मैं अपनी बाइक पर पूरी दुनिया

का एक चक्कर लगा कर वापस आना चाहता हूं डार्लिंग। डोंट वरी, वेट फॉर सम टाइम।'

***

जब नाजो के पेडू में दर्द उठा, तो मां ने कहा, 'अब तुम्हारी मुसीबत के दिन आ गए।'

और सचमुच मुसीबत के दिन आ गए थे। वह अकेली हो गई। बेडरूम में मां-बाप की फुसफुसाहट के बीच दिल का महल और भी सूना हो जाता है, और वह एक द्वीप में तबदील होकर डोलती उभरती रहती है। चारों तरफ पानी ही पानी होता है और ऐसे में उसके पास मिट्टी का कोई घड़ा भी नहीं कि पार लगा दे।

और तभी बाल्कनी में लड़का प्रकट हुआ। गली सूनी थी। एक अनजान भाषा में बातचीत शुरू हुई। उसने बाल्कनी से उतरने का इशारा किया। उतरे या न उतरे? आखिर कब तक न उतरे? एक दिन तो उतरना ही पड़ेगा, वर्ना सारे दरवाजे बंद हो जाएंगे। लड़का रस्सी के जरिए बाल्कनी में आया। नाजो का ऊपर का दम ऊपर और नीचे का दम नीचे रह गया। जब लड़का उसकी बाल्कनी में उतरा, तो जैसे आर्मस्ट्रांग चांद की जमीन पर उतरा।

नाजो का दिल सारे शरीर में धड़क रहा था। लड़के ने उसे अपनी तरफ खींचा, और दूसरे ही पल क्या हुआ कि जैसे एक आकाशगंगा चांद तक बिछ गई और एक तेज रफ्तार बाइक उस पर आगे बढ़ रही थी। शोर इतना ज्यादा था कि पूरी बस्ती में भर गया था। लगता था जैसे पूरे वातावरण में फैल गया हो।

तभी एक ट्रैफिक पुलिस ने अपने साथी से पूछा।

'बाइक की रफ्तार आवाज की रफ्तार से तेज तो नहीं थी? वर्ना तेरी और मेरी खैर नहीं!'

***

डॉक्टर एक कवि सम्मेलन में गया। वहां जो शायरी सुनाई गई उसमें इश्किया शायरी बिल्कुल नहीं थी। उसे आश्चर्य हुआ। इस संबन्ध में कवियों से चर्चा की तो उन्होंने कहा, 'कैसे होगा इश्क का जिक्र, जल्द ही हमारा चांद हम से जुदा होने वाला है।'

डॉक्टर इस बात से दुखी होकर घर लौट आया। घर आ कर डॉक्टर ने चाचा का ब्लड प्रेशर चेक किया तो आश्चर्य से बोला, 'आपका ब्लड प्रेशर काफी बढ़ा हुआ है। आप दवाईयां तो समय पर ले रहे हैं ना?'

'हां भई!' चाचा ने कहा, उन्हें ब्लड प्रेशर बढ़ने की कोई चिंता नहीं थी, उनकी परेशानी अलग थी। उन्होंने कहा, 'मैं चांद कमेटी का अध्यक्ष हूं और परेशान हूं।

अगर चांद बेच दिया गया तो क्या होगा?'

'अभी तक तो कोई फैसला नहीं हुआ। आप क्यों परेशान हैं?'

'अरे फैसले को कितना वक्त लगता है? जो लोग देश बेच सकते हैं, उनके लिए चांद बेचना मामूली बात है।'

कुछ क्षणों बाद डॉक्टर ने पत्नी को आवाज दी और चाय लाने के लिए कहा। वह उदास चेहरा लिए कमरे में आ गई और अपने दोनों हाथों को ऊपर नीचे करके फ्रेम सा बना लिया, और उस फ्रेम में चेहरा ला कर जैसे टीवी के समाचार सुनाने लगी।

'नाजो घर में नहीं है। जबर्दस्त सैलाब़ आया है। पानी खतरे के निशान से ऊपर चढ़ गया है। बान्ध सारे टूट गए हैं। आखिर पानी का जोर कब तक रोका जाता।'

डॉक्टर के एक सवाल के जवाब में, पत्नी ने बताया कि उसने नाजो को हर जगह ढूंढा मगर वह नहीं मिली। पत्नी ने सोचा शायद यह कच्चा बान्ध था, लेकिन पड़ोसी ने कहा, 'बान्ध कच्चा नहीं था। अब के सैलाब ही भरपूर आया था।'

इस खबर से जैसे सब को सांप सूंघ गया। डॉक्टर ने कुछ क्षणों बाद पत्नी से पूछा, 'तुमने नाजो को ब्रह्मांड में तलाश किया?'

पत्नी बोली, 'नहीं! मगर हम समाज का सामना कैसे करेंगे? मेरे लिए तो यह उस विस्फोट से बड़ा विस्फोट है जो संसार की रचना के समय हुआ था।'

डॉक्टर ने तसल्ली दी, 'नाजो आखिर जाएगी कहां? ब्रह्मांड में कहीं न कहीं तो होगी। आज उसका भाग जाना कोई मतलब नहीं रखता। हम उसे तलाश कर लेंगे क्योंकि संसार सिमट कर ग्लोबल विलेज बन गया है।'

'लेकिन आज की सब से बड़ी खबर पर आपने क्यों ध्यान नहीं दिया? ब्रेकिंग न्यूज तो यह है कि...हमारा चांद चुरा लिया गया है!'

✍✍

गलत पता • मीम नाग

तीर्थ

जब मैं मीटर गेज पर चलने वाली वास्को-डी-गामा एक्सप्रेस में सवार हुई, तो सामने की बर्थ पर लाल आंखो और बड़े पेट वाला एक मोटा व्यक्ति मौजूद था। चार बर्थ वाला वह फर्स्ट क्लास का छोटा सा कंपार्टमेंट था। ट्रेन ने जब स्टेशन छोड़ा, तो प्लेटफॉर्म पर मदन हाथ हिलाकर 'सी ऑफ' कर रहा था और उसकी जीप जंगले के बाहर खड़ी थी।

जब ट्रेन ने जरा गति पकड़ ली, तो वह मोटा व्यक्ति नशीले स्वर में बोला।

'बहन जी! मेरी एक बहन थी। बिल्कुल आप जैसी!' उसके मुंह से काजू फेनी का तेज भपका उड़ा। वह मुझे शायद बांगड़ा फ्राई मछली ही समझ रहा था। मुझे बहन जी का संबोधन एक गाली जैसा लगा। मैंने भी तीखा उत्तर दिया।

'मेरा भी एक भाई था।'

'था...!' उस व्यक्ति ने सहानुभूति भरे स्वर में आश्चर्य व्यक्त किया।

'हां! मेरा भाई सेना में था। कबीर नाम था उसका, जंग में शहीद हो गया।'

'जाने वाले कभी लौट कर नहीं आते बहन!' हालांकि अपने हिसाब से वह मुझे दिलासा दे रहा था, मगर मुझे लगा उसकी लार यहां से वहां तक टपक रही है।

'आप मुझे ही अपना भाई समझ लीजिए।'

'नहीं समझ सकती!' मेरा स्वर कठोर था। 'क्यों समझूं, कोई जबर्दस्ती है!'

वह खिसिया हुआ चेहरा लिए ठीटपन से बोला, 'क्यों बहन!' क्या मैं तुम्हारे भाई जैसा नहीं हूं?'

मैंने फौरन तड़का दिया, 'क्या आप अपनी बहन के साथ कभी सोए हैं?'

'जी?' उस व्यक्ति ने ऐसी प्रतिक्रिया दी जैसे उस पर आश्चर्य का पहाड़ टूट पड़ा हो। 'यह आप क्या कह रही हैं?'

'मैं ठीक ही कह रही हूं। मैं अपने भाई के साथ कई बार सोई हूं। क्या आप भी?'

उस अधेड़ व्यक्ति का नशा काफूर हो चुका था। मैं खिड़की से बाहर देखने

लगी। ट्रेन ने तेज सीटी बजाई। अब ट्रेन किसी टनल में प्रवेश कर रही थी।

मैंने सोचा कि ट्रेन किसी अज्ञात टनल में प्रवेश कर जाए और फिर निकले भी नहीं, तो मजा आ जाए!

***

गोवा में मदन वन विभाग में अधिकारी है। मैं उसी के पास से लौट रही हूं। कल रात जब मैं बिस्तर में आई और मदन ने मुझे आटे की तरह गूंधना शुरू किया, तो मैंने कहा, 'मैं तो गुंधी-गुंधाई हूं। तुम सिर्फ रोटी बेलो, अगर बेल सको!'

लेकिन मदन के पास न पठरा था, न बेलन, उसने मुझे चादर पर चादर की तरह फैला दिया। तभी अचानक मुझे मेरा पति याद आ गया। मैं गोवा में मदन के पास तीर्थ के लिए आई थी। अब यह अलग बात है कि क्या मेरे सारे पाप धुल गए?

हां, तो मैं कह रही थी कि अचानक मुझे मेरा पति याद आ गया, और साथ ही याद आई मदन की सुडौल शरीर वाली आकर्षक ५३ वर्षीय विधवा मां। मुझे याद आया वह दृश्य...अपने पति का मदन की मां के साथ हमबिस्तर होना। एक अद्भुत अनुभव था। उस समय मुझे बिल्कुल बुरा नहीं लगा था क्योंकि शारीरिक संबन्धों के बारे में मेरा अपना दर्शन था। लेकिन यह घटना बाद में मेरे जीवन में महत्व पा गई क्योंकि मैं अपनी स्वतंत्र सोच को दबा कर सामाजिक रीति-रिवाज और प्रतिबंधों के दायरे में रह कर जीने के संबन्ध में सोचने लगी थी, और ऐसी स्थिति में, इस घटना ने मेरे अंदर दबी हुई सोच को फिर से उभार दिया था। न सिर्फ उभारा था बल्कि उदारवादी सोच को बढ़ावा भी दिया था।

मैंने मदन से कहा था, 'यदि शरीर ढका रहे, तो क्या खाक खूबसूरती पैदा होती है? यह गलत दस्तूर नैतिकता के ठेकेदारों का है। हकीकत को अगर नंगा देखा जाए तो पहली नजर में वह भद्दी दिखाई देती है। भद्दी और घिनावनी, लेकिन बाद में सुंदरता पोर-पोर से फूटती है।'

मदन मुझे भोगना भी चाहता है और यह भी जताना चाहता है कि हम पाप कर रहे हैं। मन में जब पाप का एहसास हो तो किसी तरह के आनन्द से हम कैसे खुश हो सकते हैं? मदन ने कहा था, 'पता नहीं, दिल में एक बात बार-बार आती है कि अगर मैं तुम्हारा पति होता और तुम्हारा पति मेरे स्थान पर होता तो? पता नहीं क्यों लगता है कि कुछ गलत हो रहा है।'

'मदन!' मैंने उससे कहा था, 'यदि मैं तरस खाने वालों में होती तो यहां आती ही क्यों? छूई मुई सी घरेलू औरत की तरह बनी-ठनी घर में न पड़ी रहती। रोटी बेलती तो चूड़ियां खनकतीं, कान के झुमके हिलते, दाल खाती तो गाल आते, मांस खाती तो सांस आती, एक चूल्हा होता एक ऊला, चूल्हे पर चावल पकते, फिर दम

पर रखने के लिए मैं उसे ऊले पर रख देती और कुकर की ढाई-तीन सीटियों की प्रतीक्षा करती। मैं चूल्हे पर तवा रखती। जब रोटियां तैयार हो जाती तो उन्हें चूल्हे की दीवार से लगा कर आग पर सेंकती। चूल्हे की आंच कम, ज्यादा करती, रोटी ज्यादा पक जाती तो खाने में कुरकुरी लगती। जब तवे को चूल्हे से उतार कर उल्टा रखती तो तवा हंसता।'

'मदन! अगर मैं तरस खाने वालों में होती, तो यहां आती ही क्यों? मैं तो तुम्हारे सामने एक आजाद ख्याल औरत के रूप आई थी। तुमने एक अच्छे सेल्समैन की तरह मुझे शारीरिक आनंद का ग्राहक बना लिया था और अब यह तुम जो कह रहे हो कि हम कुछ गलत कर रहे हैं तो स्वीकार करो कि तुम में पाप का एहसास जाग रहा है!'

मदन ने झल्ला कर कहा था, 'समझ में नहीं आता कि तुम्हारे और मेरे बीच जो शारीरिक संबंध है, वह समाज की किस इकाई में आता है?'

'मेरे पति और तुम्हारी मां के बीच जो शारीरिक संबंध है, वह किस इकाई में आता है?'

मदन शायद अंदर से कांप गया।

मैंने उसके स्वाभिमान के गर्म लोहे पर चोट की।

'क्यों? क्या तुम समझते हो तुम्हारी मां ऐसा नहीं कर सकती, मेरे बच्चे समझते हैं कि उनकी मां ऐसा नहीं कर सकती। तुम्हारी मां समझती होगी कि तुम ऐसा नहीं कर सकते। मैं समझती हूं कि मेरा पति ऐसा नहीं कर सकता। मेरा पति समझता है कि उसकी पत्नी, यानी में, ऐसा नहीं कर सकती। लेकिन हम सब ऐसा कर रहे हैं। मैं पूछती हूं यह सब समाज की किस इकाई में फिट बैठता है? जिस्मों को भोगने के लिए किसी रिश्ते की जरूरत नहीं होती मदन, जरूरत होती है विशेष परिस्थितियों और एक दूसरे की इच्छा की। मैं नहीं चाहती कि हमारे संबंध किसी नाम के मोहताज रहें, जहां दो लोगों के बीच होने वाले काम में इच्छा का दखल नहीं, वहीं पाप होता है।'

***

ट्रेन एक और टनल में प्रवेश कर रही है या शायद बाहर निकल रही है।

रिश्ते में कबीर मेरा भाई लगता था। लेकिन जब तक हम भाई-बहन के रिश्ते को समझ पाते तब तक एक दूसरे के पूरक बन चुके थे। मैं उसे हमेशा के लिए अपना लेना चाहती थी लेकिन ऐसा नहीं हुआ और फिर एक दिन वह युद्ध के किसी मोर्चे पर शहीद हो गया।

वर्षों से मैं एक सपना देखती आई थी कि समंदर झाग छोड़ रहा है, हाथी की

तरह चिंघाड़ रहा है या कि जैसे खाने को दौड़ रहा है। मैं समुद्र तट की रेत पर घरौन्दा बना रही हूं। दूर तट पर रेस्तरां के लॉन में छतरियों के नीचे मेरे पिता कोल्ड कॉफी का आनंद ले रहे हैं। मैं घरौन्दा बनाने में मग्न, एक छोटी बच्ची की काया में ढल गई हूं और कोई जैसे मेरे करीब आ खड़ा हुआ है। मैं चौंक कर उसे देखती हूं। वह व्यक्ति मुस्कुराता है, मैं भी मुस्कुराती हूं, फिर अचानक वह गायब हो जाता है। पता नहीं उसे जमीन खा लेती है या आकाश निगल जाता है। मैं घबरा जाती हूं। दौड़ कर माता-पिता के पास आती हूं और उस व्यक्ति के नजर आने और फिर गायब हो जाने के संबंध में बताती हूं। माता-पिता कुर्सियों से उठ खड़े होते हैं। और हक्का-बक्का मेरी उंगली की सीध में समुद्र तट की तरफ देखने लगते हैं, जहां कोई नहीं है। बस समंदर झाग छोड़ रहा है।

कौन था? उसने तुमसे कुछ पूछा तो नहीं? तुमने उससे कुछ कहा तो नहीं? उसने तुम को कुछ दिया तो नहीं? तुमने उसका दिया कुछ खाया तो नहीं?

मां ने मुझे अपने शरीर से चिमटा लिया। शायद मैं डर गई थी लेकिन धीरे-धीरे यह सपना मुझे बार-बार नजर आने लगा। उम्र के साथ-साथ मैं बड़ी होती गई, लेकिन वह व्यक्ति बिल्कुल पहले दिन जैसा, उसी मुस्कुराहट के साथ, कभी सड़क पर, कभी स्कूल के गेट पर नजर आता। और बाद में फिर कभी मैं उस से नहीं घबराई। अब तो यह होने लगा कि अगर किसी दिन वह व्यक्ति नजर नहीं आता तो चिंता होने लगती। मेरी व्याकुलता बढ़ जाती। अब वह एक-दो बातें भी करने लगा था। जैसे, 'मैं तुम्हारा कब से इंतजार कर रहा हूं, चलो मेरे साथ, हम इस बखेड़े से दूर निकल जाएं। सदियों से मैं तुम्हारे लिए रुका हूं वर्ना कब का निकल चुका होता।'

और फिर, एक दिन कबीर पता नहीं किस मोर्चे पर लड़ रहा था कि वह व्यक्ति आया और बोला, 'चलो चलो! बिल्कुल समय नहीं है।'

'ठहरो तो जरा, दम तो लो, कहां लिए जा रहे हो?' मैंने आश्चर्य से पूछा, तो उसने कहा। 'सब पता चल जाएगा। तुम मेरा हाथ तो पकड़ो।'

और जैसे ही मैंने उसका हाथ पकड़ा, हम तट से समंदर की तरफ जाने लगे। तेज झाग छोड़ती गरजती लहरों पर चलने लगे।

'अरे, यह क्या! मैं इस तरह पानी पर नहीं चल पाऊंगी।'

'तुम चल तो रही हो!'

और यह क्या! वास्तव में मैं चल रही थी, पानी पर चल रही थी मैं!

और फिर मेरी नींद उचट गई। यह टुकड़े-टुकड़े नजर आने वाला सपना मुझे फिर कभी दिखाई नहीं दिया। और सच बताऊं, फिर कभी मैं इस तरह की नींद सोई भी नहीं! क्योंकि दूसरे दिन खबर आई कि कबीर शहीद हो चुका है। उस

समय मदन छोटा था और उसकी मां बहुत आकर्षक, जब उसका शरीर अंधेरे में चॉकलेट सा पिघलता था।

***

मैं और मदन जीप में जंगलों से गुजर रहे थे। मदन ने कहा। 'अब तो जंगल में मोर भी नहीं नाचते।'

'मेरे अंदर मोर नाच गया तो समझूंगी तीर्थ कर लिया, और मुझे जंगल से क्या लेना देना है?'

'तुम जंगल से बड़ी निराश लगती हो डार्लिंग!' मदन ने मुझे पुचकारा।

तभी दूर से एक बारह सिंघा दौड़ता हुआ आया और हमें देख कर रुक गया। काजल लगी काली आंखें परेशान थीं। वह हांप रहा था।

मदन ने उससे पूछा, 'कहां भागे जा रहे हो?'

वह बोला। 'मैं बहुत डरा हुआ हूं, हिरणों की धर-पकड़ शुरू है, कहीं मैं धर न लिया जाऊं?'

'मगर तुम तो बारह सिंघा हो, धर-पकड़ तो हिरणों की हो रही है, फिर तुम क्यों घबराते हो?' मैंने आश्चर्य से पूछा तो वह बोला, 'घबराने की तो बात ही है। अगर मेरे हिरण होने के सबूत इकट्ठा कर लिए गए तो मैं अकेली जान क्या करूंगा?'

और इतना कह कर वह एक तरफ भाग लिया।

मुझे लगता है कि ट्रेन तो टनल से कभी की निकल चुकी, लेकिन मैं टनल में ही भटक रही हूं!

***

गोवा में मदन के साथ वह मेरी आखिरी रात थी। मैंने मदन से कहा। 'मैं धोबी घाट पर चार दिन धो कर लाई थी। उनपर टैग भी लगा था तुम्हारे नाम का।'

'दिन धोने से बेहतर होता कि हम रातें धो सकते।' मदन ने जवाब दिया तो मैं बिफर गई।

'बोलना मत! रातों की स्याही को धोने का पागलपन मैं कभी नहीं करूंगी। क्योंकि मेरी रातें दागदार नहीं उजली हैं और उन्हें मेरा चांद उजालता है। चांद जो कबीर है। तुमने सुना होगा मदन, एक दिन महाराज शंभू सिंह दरबार में सिंहासन पर बैठे थे। मंत्री कामनाथ भी वहीं मौजूद थे। अचानक एक सुंदरी दरबार में घुस आई। वह इतने पारदर्शी वस्त्र पहने हुए थी कि उसका अंग-अंग नजर आ रहा था। उसके शरीर से कामुकता छलक रही थी। वह अपने हाथ में पकड़ा गुलाब का फूल सूंघती और बार-बार अंगड़ाईयां लेती थी, तो जानते हो वह सुंदरी सिर्फ कामुकता की मारी नहीं थी, वह सम्मानित समाज के ठेकेदारों द्वारा बनाए गए सिद्धांतों पर थूकने आई थी।'

मैं सोचने लगी। अधिकांश लोग बनी बनाई राह पर चलते हैं, और उदाहरण बनने से कतराते रहते हैं। लेकिन कबीर जानता था कि वर्तमान सभ्यता के स्तंभ किन सच्चाईयों पर खड़े हैं और यह सच्चाई कितनी खोखली है। इन स्तंभों को सहारा देने के लिए, आज का इंसान नैतिक मूल्यों के पतन को दोषी ठहराता है। नैतिक मूल्य थे ही कहां जो पतन होता? प्रकृति के जिन नियमों का पालन इंसान के वश में न हो, क्या उन्हें नैतिक मूल्य कहना चाहिए?

'कहां खो गईं?' मदन ने मुझे बाहों में भर लिया और बोला, 'देखो डार्लिंग! जबकि तुम बे-लिबास हो चुकी हो, मगर ब्रेजियर और पैंटी के निशान अब भी तुम्हारे शरीर पर बाकी हैं। जानी-बूझी हकीकत की तरह, अंधेरे में चमकने वाली सच्चाईयों की तरह।'

'यही तो मेरी विडंबना है मदन, कि मैं निर्वस्त्र होकर भी नंगी नहीं हूं। मैं सामाजिक नियमों के खिलाफ नहीं हूं, बल्कि इन नियमों को जिस गलत ढंग से औरतों पर थोपा गया है, मैं उनके खिलाफ हूं। लेकिन अफसोस यह है कि कुछ व्यक्तिगत कानून जो हर इंसान को प्रकृति के नियमों के साथ अपने-अपने ढंग से बनाने चाहिए थे, वह भी समाज ने रेडीमेड बना कर हमारे हाथों में थमा दिए।'

***

मुझे आज वापस लौटना था। मदन अभी तक जंगलों से वापस नहीं आया था। मैं उसका बेचैनी से इंतजार कर रही थी। मदन जानता था कि मैं जाने वाली हूं लेकिन शायद वह इस लालच में हो कि मैं जाते-जाते फिर एक बार उसकी हवस का शिकार बनूं। समय बहुत कम था। वह दौडता हुआ आया। 'तुम तैयार हो न, चलो!'

मेरा सूटकेस उसने जीप पर लादा और हम स्टेशन की तरफ चल पड़े।

मदन के एक प्रश्न के जवाब में, मैंने कहा, 'मदन, तुम बड़ी नाक वाले बनते थे, लेकिन अब तुम मुझ पर एक छलावे के रूप में जाहिर हो चुके हो। मैं यहां उस मदन से मिलने आई थी जो मेरे पति का सब से कम उम्र दोस्त था। लेकिन अफसोस...'

***

ट्रेन एक टनल से निकलती थी। ट्रेन दूसरे टनल में प्रवेश करती थी। सीटी उभरती थी, फिर डूब जाती थी, रिश्तों के चेहरे भी उभरते और डूब जाते। बारह सिंघा परेशान था। सुंदरी गुलाब का फूल सूंघ रही थी। और मैं सोच रही थी, कि क्या मैं ने तीर्थ कर लिया?

✍✍

गलत पता

मैंने नौकरी छोड़ कर इतमिनान की सांस ली। सोचा राइटर पैदा हुआ हूं, राइटर ही मरूंगा। मैं दिन रात लिखता रहूं यही मेरा सपना है।

हमने अनगिनत मकान बदले थे। इस बार जब बदलने की बात चली तो मैंने सोचा, क्यों न ऑनरशिप का एक फ्लैट खरीद लें।

असल में मैं बन्द बाथरूम में निर्वस्त्र, आजादी से नहाना चाहता था। बाथरूम का दरवाजा हल्का सा खोल कर बाथरूम से ही पत्नी को पुकारना चाहता था। 'डार्लिंग! जरा टॉवेल तो देना।'

और जब पत्नी आती, तो उसे अन्दर खींच कर शॉवर तले भिगो देना चाहता था, इसलिए मैं ऑनरशिप का फ्लैट खरीदना चाहता था। अन्यथा मुझे ग्यारह महीने के एग्रीमेंट पर आसानी से मकान उपलब्ध था।

पत्नी कहती, 'कब तक किराए के घर में रहेंगे?'

लेकिन मैं वास्तव में थोड़ी देर के लिए ही सही, फ्लैट का दरवाजा बंद करके अपने आप को दुनिया से काट कर देखना चाहता था। मैं नहीं सुनना चाहता था, पड़ोस के चाचा की काली खांसी और नहीं चाहता था, कि रास्ते में थूका हुआ बलगम मेरे पैरों से चिमट जाए। प्रसव पीड़ा से चींखती हुई पड़ोसन के लिए टैक्सी लाने और उसे मॅटर्निटी नर्सिंग होम में एडमिट कराने की हिम्मत नहीं थी मुझ में।

पत्नी तैयार हो गई। कुछ दिनों के लिए हम दोनों पैसों के प्रबंध में लग गए। किस्तों में पैसों की व्यवस्था हुई। बैंक से लोन ले लिया, पत्नी के आभूषण गिरवी रख दिए। एलआईसी कार्यालय के चक्कर काटे।

फॉर्म पर हस्ताक्षर करते समय, बिल्डर ने जरा मुस्कुरा कर पूछा, 'सर! एक बात पूछूं क्या।'

'एक नहीं, दो पूछो।'

'यानि आप घर ही में रहते हैं?'

'हां! घर रहने के लिए ही तो खरीद रहा हूं।'
'नहीं, मेरा मतलब, कहीं बाहर जाकर नौकरी नहीं करते?'
'नहीं!'
'यानि आप की मिसेस सबकुछ देखती हैं?' उसने पूछा।

कुछ क्षणों बाद मैं उसकी बात का अर्थ समझ सका। मैंने बिल्डर को जरा घुमा फिरा कर समझाया। 'वह क्या है बिल्डर साब, कि मेरी पत्नी पढ़ी लिखी है। बड़ी अफसर है, उसे यह पसंद नहीं कि उसके होते हुए मैं भी काम करूं। इसलिए मैं घर में ही रहता हूं और घर का काम करता हूं। घर में भी तो बहुत सारा काम होता है ना? जैसे खाना पकाना, धोना धुलाना, झाड़ू लगाना, काक्रोच और खटमल मारना, जाले साफ करना वगैरा।'

'वाह! अच्छा है। वाह!' वह हंसने लगा और आंख दबा कर निकल गया। बिल्डर सोचता होगा कि उसने मुझे उल्लू बनाया है, लेकिन मैंने उसे कब उल्लू बना दिया, इसका उसे पता भी न चला।

***

बिल्डिंग की सोसायटी बनी, मीटिंगें शुरू हुईं।

पत्नी ने तंग आकर कहा, 'आप नाम मात्र के लिए ही कोई नौकरी कर लीजिए।'

'अब क्या हुआ?'

'आप लेख लिखते हैं समाचार पत्रों में। वह भी 'पेन नेम' से लिखते हैं, अपना नाम सही नहीं लिखते। इसलिए लोगों को यकीन ही नहीं होता कि आपके लेख समाचार पत्रों में छपते हैं और आप उनसे पैसे कमाते हैं।'

'उनके यकीन न करने से क्या होता है। तुम तो जानती हो ना!'

'मेरे जानने से क्या होता है? कल पड़ोसन कह रही थी, यहां सभी फ्लैट पत्नियों के नाम पर हैं, आपका फ्लैट आपके नाम पर नहीं होगा। मैंने पूछा, क्यों? तो कहने लगी आपके पति दिन भर घर में रहते हैं!'

'और क्या कह रही थी पड़ोसन?' अब मैं मजा लेने लगा था।

'कह रही थी, आपके पति दिन भर घर में रहते हैं, क्यों न उन्हें सोसायटी का सेक्रेट्री बना दें।'

'तो कह देना चाहिए था कि वह सेक्रेट्री का काम कैसे करेंगे, वह तो अंगूठा छाप हैं, उन्हें घर का काम करना पड़ता है। दोपहर में बर्तन धोना, फर्श साफ करना, कपड़े धोना, रात में फिर...'

लेकिन मेरी बात पूरी भी नहीं हुई थी कि पत्नी पांव पटकती चली गई।

रविवार। मैं मजे से बिस्तर पर औड़ा-चौड़ा सोया हुआ था। दरवाजे पर दस्तक हुई। पत्नी बाथरूम में नहाते हुए गुनगुना रही थी। वह आज बड़ी देर तक नहाएगी। मैं जानता था, इसलिए मैंने दरवाजा खोला। सामने कचरा उठाने वाला आदमी खड़ा था। कचरे की टोकरी पत्नी बाहर रखना भूल गई थी, इसलिए उसने दस्तक दी। कचरे वाले आदमी ने लंबी बनियान पहन रखी थी और फूलदार चड्डी। मैंने कचरे की टोकरी उठा कर उसे दे दी। उसने बनियान की जेब में हाथ डाल कर बीड़ी का बंडल निकाला, और एक बीड़ी मुझे दी, दूसरी अपने मुंह में लगाई। वह समझा मैं नौकर हूं, क्योंकि मेरा हाल उससे अलग नहीं था। चड्डी बनियान पहने मैं भी खड़ा था। लेकिन जल्द ही मेरे तेवर भांप कर वह समझ गया कि मैं मालिक हूं! एक अदद पत्नी और फ्लैट का मालिक।

'आपको मैंने कभी देखा नहीं।' वह बोला।

'देखोगे कैसे! मैं तो घर के अन्दर रहता हूं, कहीं बाहर आता जाता नहीं।' मैंने उसकी खिंचाई शुरू की।

उसने बीड़ी जलाई, फिर मैंने जला ली। एक ही कश लिया था कि खांसी आ गई। होंठों पर कसीला स्वाद फैल गया। मैंने बीड़ी फेंक दी।

'दूसरी लो। आजकल 'उल्हास नगर' का माल आ रहा है, डुप्लीकेट।'

मैंने बीड़ी लेने से इंकार किया, तो वह बोला, 'आप बेकार हैं?'

मैंने कहा। 'हाँ।'

'बहुत बुरा।'

'क्या?'

'यही! कि आज मुंबई में रह कर आप बेकार हैं, भय्या लोग दूर-दूर से आकर कमा के ले जाते हैं और आप महाराष्ट्र के 'आपले माणुस...' घर में बैठे हैं।'

'मैं चना और भेल नहीं बेच सकता।' मैंने कहा। 'लेकिन घर का सब काम कर सकता हूं।'

'लेकिन...यह अच्छा नहीं।' वह बोला।

'क्या? '

'यही, कि अगर आप पढ़े लिखे होते, तो बाहर के लोग क्यों हमारे अफसर बनते।'

'अब क्या हो सकता है?' मैंने अफसोस जताया।

'लेकिन यह अच्छा नहीं है।' वह फिर बोला।

'क्या?'

'कि घर की औरत काम पर जाए और मर्द घर में बैठा रहे, मर्द को यह

शोभा नहीं देता।' उसने मूंछों को ऐंठ कर कहा। मैं क्षण भर को शर्मिंदा हुआ कि मेरी मूंछें नहीं थीं वर्ना मैं भी ऐंठता। लेकिन मैंने अपने दिल को समझाया, कि क्या फर्क पड़ता है, किसी की मूंछें बाहर तो किसी की अंदर। मैंने अंदर ही अंदर अपनी मूंछें ऐंठीं!

'क्या करेंगे?' मैं बोला। 'मजबूरी है, मुझे नौकरी नहीं मिलती। तुम देखो ना मेरे लिए कोई काम! शायद तुम्हारी पहचान से कोई चांस लग जाए।'

'देखता हूं। आगे वाली कॉलोनी में एक बाई पूछ रही थी। उसे एक आदमी चाहिए बच्चे संभालने के लिए।'

'बच्चे संभालने के लिए?'

'हाँ!'

'फिर क्या है! तुम बात करो।'

***

रात में पत्नी को मैंने दिन भर की कहानी सुनाई कि कैसे कचरे वाले ने मुझे काम करने के लिए कहा और बताया कि आगे वाली कॉलोनी में बच्चे संभालने के लिए एक आदमी की जरूरत है।

पत्नी बहुत हंसी, पूछा, 'फिर तुमने क्या कहा?'

'मैंने उससे कहा कि मैं संभालूंगा बच्चे, तुम मेरे लिए बात तो करो।'

पत्नी फिर बहुत हंसी। 'दरअसल लोग यह बात हजम नहीं कर पा रहे हैं कि तुम दिन भर घर में रहते हो, लिख कर कमाते हो।'

अब मैं बहुत हंसा।

पत्नी ने फिर कुछ नहीं कहा।

और मैंने भी अपनी आदत नहीं बदली और बिल्ली की तरह लोगों की सोच और बातों की बरसात में भीगता रहा, भीगी बिल्ली की तरह। और दुनिया मुझे देखकर मौसम का पता लगाती रही...गलत पता!

✎ ✎

मैं ख्याल हूं किसी और का

'तुम्हारा ही नाम करीम है?'

करीम एक भारी-भरकम आवाज पर चैंक पड़ा। वह कमरे में बैठा था और दीवार पर नजर आती एक काली परछाईं उस से सवाल कर रही थी। इस से पहले कि करीम कोई जवाब देता, परछाईं ने कहा, 'चलो! अब वक्त कम रह गया है।'

'कहां ले जाना चाहते हो?' करीम ने पूछा।

'मां की कोख से तुमने इस दुनिया में जन्म लिया था और अब इस दुनिया की कोख से तुम्हें किसी और दुनिया में जन्म लेना है...चलो!'

'जन्म लेना है या स्थानांतरित होना है?'

'ज्यादा तर्क मत बघारो...गिनती की कुछ सांसें बची हैं!'

***

करीम अपने आप में डूबा रहने वाला सनकी किस्म का आदमी था। बात कहने से पहले मन ही मन बात को दोहराता, फिर बात जबान पर लाता, ठहर-ठहर कर नापतोल कर बोलने वाले करीम को लोग हमेशा चुपचाप और कहीं खोया हुआ पाते थे क्योंकि जहां करीम का शरीर नजर आता, वहां न उसका दिल होता था न दिमाग। बल्कि दोनों कहीं और होते थे। जो लोग करीम को जानते थे वे उसकी आदत से वाकिफ थे। वैसे बहुत कम लोगों से उसका संपर्क था।

परछाईं दीवार पर जमी हुई थी।

करीम ने परछाईं से कहा, 'मेरा नाम करीम है, और नहीं भी है!'

'क्या मतलब?' परछाईं ने आश्चर्य प्रकट किया।

करीम ने कहा, 'मेरी एक कहानी है।'

'तुम्हारी कहानी में मुझे कोई दिलचस्पी नहीं है। लेकिन जरा सा समय बचा है, इसलिए कहानी सुना सकते हो।'

करीम ने अपनी कहानी शुरू की। 'मेरे चारों तरफ दुनिया का मेला लगा था

लेकिन मैं मेले में अकेला था। कई बदलने वाले मौसम थे, कई मौसम मेरे अंदर थे, कई मौसम मेरे बाहर थे। रंग-बिरंगे फूल थे, तारों से भरा, चमकता आकाश था। एक से बढ़कर एक सुंदर औरतें थीं, शानदार कपड़े, लजीज पकवान, चौड़ी सड़कें, ऊंची इमारतें, जगमग करती रौशनियां और सबसे बढ़कर जो चीज थी, वह थी इन सब का आनंद उठाने की क्षमता, लेकिन मेरे लिए यह सब व्यर्थ थे। क्योंकि सुख जरा से फासले पर था, जैसा कि होता है, और उस फासले को तय करने में पूरी जिन्दगी गुजर जाती है।'

दीवार की परछाईं ने कोई प्रतिक्रिया नहीं दी।

करीम ने कहानी जारी रखी।

'आदमी गले-गले दुःख में डूबा हुआ था। सुख ढलती धूप था तो दुःख आती छांव! एक घर ऐसा था जिसे मैं बड़ी हसरत से देखा करता था। घास पर टहलने के लिए इस घर के लोगों को दूर नहीं जाना पड़ता था लेकिन वहां रहने वाला ५६ वर्षीय बूढ़ा दमे का रोगी था, और टेरेस गार्डन से दुखी था, क्योंकि वहां की सीलन उसका रोग बढ़ा रही थी। इसलिए उसकी पत्नी घर की खिड़कियां तक बन्द रखती थी। मैं सोचता, काश! यह मकान मेरा होता। जहां मैं रहता था वहां से जरा दूरी पर एक टीचर का घर था।

टीचर की पत्नी सुंदर और गुणी थी। प्यार करने वाली थी, उठ बोलो तो आदमी उठे और बैठ बोलो तो बैठे। ऐसी पत्नी के साथ आदमी आराम से अपनी जिन्दगी जी सकता है, लेकिन वह टीचर बहुत शक्की था। घर से बाहर निकलता तो घर में ताला लगा कर जाता। हर शाम पत्नी और टीचर में तूतू मैं-मैं होती। पत्नी का उस घर में रहना दूभर हो गया और वह घर छोड़ कर चली गई।'

'मेरे एक दोस्त को विरासत में पियानो मिला, पियानो बजाने के लिए होता है मगर वह उसे बेचने की चिंता में दुबला होता रहा। इतना ही नहीं, मैंने ऐसे लोग भी देखे जो दिन भर कड़ी मेहनत करते थे, मालिक के जूते खाते और हजम कर जाते लेकिन उन्हें पेट भर रोटी मुश्किल से मिलती थी। दूसरी ओर मैंने देखा, खाने को सब कुछ था लेकिन भूख नहीं लगती थी। मैं दुनिया को टटोल रहा था और मैं ने पाया कि मुझ में सुख पाने तीव्र इच्छा है और सुख मुझसे ज्यादा दूर भी नहीं था। लेकिन मुश्किल यह थी कि मुझे सुख पहुंचाने वाली सभी चीजों पर अन्य लोगों ने कब्जा कर रखा था। जो चेहरा मैं अपने लिए पसंद करता, उसे कोई ओर हथिया लेता। वह औरत जिसे मेरी पत्नी होना चाहिए था, एक बीमा एजेंट के लिये सात फेरे ले चुकी थी। और बीमा एजेंट उसकी सुन्दरता की कद्र किए बगैर हर सुबह शाम लोगों के घर जाकर उन्हें भविष्य के खतरों के बारे में समझाया करता और

बेइज्जत करके घर से निकाला जाता। पियानो का संगीत मेरी कमजोरी थी। मैं यह संगीत सुनकर सारे दुख भूल जाता था, लेकिन मैं पियानो नहीं खरीद सकता था। संगीत के स्थान पर मैं पड़ोसियों की कर्कश आवाजें सुनने पर मजबूर था। फूल, पौधे, नर्म घास और ओस मुझे अच्छे लगते थे, लेकिन मैं जहां रहता था, वहां एक भी पौधा उगाया नहीं जा सकता था।'

इतना कहकर करीम चुप हो गया। परछाईं ने सोचा शायद उसकी कहानी खत्म हो गई, इसलिए कहा, 'बेशक तुम्हारे हालात बुरे थे लेकिन अपनी बुद्धि और क्षमता के बलबूते पर तुम हालात को बदल सकते थे, अगर तुम ऐसा नहीं कर सके तो अब अतीत को दोहराने के बजाय तुम्हें खुशी-खुशी मेरे साथ चल देना चाहिए।'

'लेकिन अभी मेरी कहानी खत्म नहीं हुई।' करीम ने कहा।

'ठीक है, पूरी कर लो अपनी कहानी, कुछ ही क्षण बचे हैं, लेकिन समझ लो, किसी को मोहलत नहीं दी जाती, जितनी जिन्दगी होती है उतनी ही कहानी भी होती है, न कम न ज्यादा!'

करीम ने फिर कहानी का सिरा पकड़ा। 'आपने कहा कि आदमी मेहनत और बुद्धि से जिन्दगी को बदल सकता है लेकिन हालात ने मेरे व्यक्तित्व को शुरू से ही दो हिस्सों में बांट दिया था। मेरे अंदर सुख चाहने वाला एक सुंदर व्यक्ति था लेकिन मेरा शरीर कमजोर और बदसूरत था। जरा सी मेहनत मुझे थका देती थी। जरा सी असफलता मुझे निराश कर देती थी।'

'मैं इस उम्र में पसंद, नापसंद के बारे में सोचे बिना शादीशुदा था और दो बच्चों का बाप था। छोटी मोटी अनचाही नौकरी करता था और जिन्दगी में इतना कूड़ा-करकट जमा हो गया था कि अगर साफ करने बैठता तो पूरी जिन्दगी खर्च हो जाती। मैं सिर्फ अपने मनचाहे सपने देख सकता था, सिर्फ यही एक काम मैं बखूबी कर सकता था, इसलिए मैं समझ गया कि जिन्दगी के दुखद चेहरे को अपने सपनों से सुंदर बनाना चाहिए। सपने चाहे कितने भी साधारण क्यों न हों, स्वयं से फरार हुए बिना हासिल नहीं किए जा सकते। स्वयं से फरार का मतलब समझते हैं आप?'

करीम ने अपनी कहानी रोक कर परछाईं से सवाल किया।

परछाईं खामोश थी।

'स्वयं से फरार होने का मतलब है जिन्दगी को रद्द करके कहीं चल देना, टाल कर नहीं, रद्द करके! जी हां! जैसे किसी बदबूदार स्थान से लोग सांस रोक कर गुजर जाते हैं। मेरी समस्या यह थी कि वर्षों तक मुझे जिन्दगी को रद्द करना पड़ा। मैंने अभ्यास किया और स्वयं से फरार होने लगा। शुरुआत में कुछ क्षण, फिर कुछ घंटे, फिर दिन, और मैं इस योग्य हो गया कि महीनों मैं अपने शरीर से बाहर रह

सकता था। अब जीना मेरे लिए आसान था। मुझे पता था कि क्या करना है और कैसे करना है? असल में मुझे हर उस चीज से नफरत होगई जो मेरे साथ, करीम नाम के साथ, चिपकी हुई थी। मैंने फैसला किया कि मैं करीम की जिन्दगी में उस समय लौटूंगा जब उसके हालात बेहतर हो जाएंगे। फिर प्रश्न यह उठा कि तब तक करीम की जिन्दगी का क्या किया जाए? यह एक समस्या थी लेकिन जल्द ही मैंने इस समस्या का समाधान तलाश कर लिया। मैंने लोहे का एक संदूक खरीदा और एक रात जब मुझे खुद से फरार होना था, मैंने अपनी बची हुई सांसें और अपनी जिन्दगी को समेट कर संदूक में बंद कर दिया और उस रात के बाद से मैंने करीम की जिन्दगी का उपयोग नहीं किया और उस व्यक्ति की जिन्दगी जीता रहा जो मुझे पसंद थी।'

'क्या जिन्दगी से भागना इसे कहते हैं?' परछाईं ने पूछा।

'मैं सच कहता हूं।' करीम ने कहा। 'अगर चाहो तो देख लो, मेरी यानी करीम की जिन्दगी उस संदूक में ज्यों की त्यों रखी है।'

'चलो देखते हैं।' परछाईं मुस्कुराई।

करीम संतुष्ट था। लेकिन जैसे ही उसने संदूक खोला, वह एकदम खाली था!

'अरे! मेरी जिन्दगी कहां गई?' करीम हक्का-बक्का रह गया।

परछाईं ने कहा। 'तुम्हारी जिन्दगी को कोई और जीता रहा...और वह खर्च होगई...अब चलो!'

✐ ✐

लकड़बग्घा

पहले गांव जंगल से बहुत दूर था। मगर कब जंगल ने गांव को दबोच लिया किसी को पता भी नहीं चला, और देखते ही देखते जंगल का कानून गांव पर लागू कर दिया गया। दरिन्दे गांव वालों की प्रवृत्ति तय करने लगे।

एक दिन की बात है।

बकरियां नदी में नहा रही थीं। तभी एक लकड़बग्घा जीप में बैठ कर आया। आतंक की धूल उड़ाता, भय से छक्के छुड़ाता, वह आया और राधा नाम की बकरी को जीप में बिठा कर ले गया। नहाने वाली बकरियों को चींखने तक का मौका न मिला। जब जीप दूर चली गई तब कहीं उन्होंने चिल्लाना शुरू किया। लेकिन अब क्या हो सकता था? होता वही था जो लकड़बग्घा चाहता।

***

राधा का एक पति भी था। जब उसे पता चला, तो वह रोता बिलखता पुलिस स्टेशन पहुंचा। उसे आश्चर्य हुआ जब उसने देखा कि पुलिस थाने में वही लकड़बग्घा विराजमान था। लकड़बग्घे ने देखा कि राधा का पति गिरता पड़ता चला आ रहा है, तो उसके होंठों पर एक जहरीली मुस्कान आई। तब तक पति उसके पैरों में गिर चुका था और हाथ पैर जोड़ने लगा था। लकड़बग्घे ने थोड़ी दया दिखाई, और उसे बन्द अंधेरी कोठरी में ले गया। काने कोने में राधा उकड़ूं बैठी थी। नंग, धड़ंग, इतनी ज्यादा नंग धड़ंग कि पति सन्न सा रह गया कि राधा को इस हद तक भी नंगा किया जा सकता है?

'माई बाप! इसे मेरे हवाले कर दीजिए। यह मेरी पत्नी है। इसके बच्चों से मेरा वंश चलता है।' राधा का पति मिमियाते हुए बोला।

'वंश! बकरी का वंश। इसे तो मैं खाऊंगा, 'बेक्ड' करके टोमॅटो सॉस के साथ।' लकड़बग्घा हंसा और हंसता ही चला गया।

'नहीं माई बाप दया...दया।' राधा का पति घिघियाया।

'लेकिन इसका तो एक हाथ नहीं है। देखो दायां हाथ, वह मैं ने खा लिया, देखो अब तो यह अपाहिज है।'

और पति ने देखा कि सचमुच राधा का एक हाथ गायब है। वह धक्क से रह गया।

'वंश! वंश तो हम लोगों का चलता है।' लकड़बग्घा हंसा। 'तुम्हारी राधा तो टेबल बर्ड है, खाने की चीज।'

लकड़बग्घे के मुंह में खून भरा था। राधा रोने के आगे की हालत में थी। फिर भी पति को गुस्सा नहीं आया। न लकड़बग्घे पर, न अपने आप पर। आता भी तो भला करता? वही करता जो लकड़बग्घा चाहता। 'सरकार।' वह बिलबिलाया।

अब लकड़बग्घा कोठरी में गया और राधा का दूसरा हाथ देखते ही देखते चबा गया।

'दया कीजिये, रहम कीजिये सरकार।' पति गिड़गिड़ाया।

'मेरी पत्नी मुझे लौटा दीजिये, मैं दुआएं दूंगा। मैं भूल जाऊंगा कि आप इसे यहां लाए और वह रो रही है। मैं भूल जाऊंगा कि इसके दो हाथ नहीं हैं, मैं सबकुछ भूल जाऊंगा। भूलना मेरे लिए कभी मुश्किल नहीं रहा सरकार! मैं सारा इतिहास, सारा भूगोल भूल जाऊंगा।'

'लेकिन अब तो यह किसी काम की नहीं रही। न तुझे रोटी पका कर खिला सकती है और न तेरे बच्चे को सुला सकती है।' लकड़बग्घा हंसा और हंसता ही चला गया।

फिर वह राधा पर झपटा। उसे बगल से पकड़ा और उसकी टांग पर अपने नुकीले दांत गड़ा दिए और दूसरी टांग को बगल में लेकर चीर डाला।

राधा का पति थरथरा गया और उसे लगा कि सारी दुनिया घूम रही है लेकिन वह नहीं घूम रहा है।

***

बड़े आराम से लकड़बग्घा खाता रहा, राधा को 'बेक्ड' करके टोमॅटो सॉस के साथ।

'कभी इस तरह भी सोचा था तुमने अपनी पत्नी का इस्तेमाल?'

राधा का पति बिलबिलाया, कटते हुए बकरे की तरह। उसके कंठ में दर्द का हर्मोनियम बजा। वह जानता था कि इस सरकार से बड़ी कोई सरकार नहीं।

'माई बाप, मुझे दे दीजिये ऐसे ही मेरी पत्नी। मैं इसे कंधों पर बिठा लूंगा और यहां वहां घूमता फिरुंगा, कि लोग देखें कि इस तरह की भी पत्नी होती है, कि लोग देखें कि इस तरह की भी विकलांगता होती है, कि लोग देखें इस तरह भी बेशर्म

जिन्दगी तिल-तिल मरती है, कि लोग देखें...'

'लोग क्या देखेंगे? देखूंगा मैं और देखोगे तुम।' लकड़बग्घा चिल्लाया, 'तुम उपकार मानो मेरा, कि मैं तुम्हें रोजी-रोटी का एक साधन दे रहा हूं। तुम अपनी पत्नी की नुमाईश करना और लोग तुम्हें पैसे देंगे!'

'सरकार!' पति चिल्लाया।

'और सुनो कान खोल कर। और जिस चीज से भी तुम सुन सकते हो उसे भी खोल दो। अब मैं तुम्हारी पत्नी के साथ संभोग करूंगा, और तुम गवाह रहना कि यह होश में थी और सबकुछ इसकी इच्छा से हो रहा है। और तुम गवाह रहना कि यह सब तुम्हारी इच्छा से भी हो रहा है, और तुम गवाह रहना कि मैं तो एक नेक-चलन लकड़बग्घा हूं!'

राधा का पति थरथरा कर रह गया, जैसे लकवा मार गया हो।

लकड़बग्घा राधा पर झुका...

***

लकड़बग्घा राधा पर झुका...

राधा के पति ने पेपरवेट उठाया।

लकड़बग्घे के सिर पर पेपरवेट मारने ही चला था कि जैसे हाथ बेजान हो गए।

उसने फिर कोशिश की...फिर कोशिश की...

✍ ✍

गलत पता ● मीम नाम

समंदर

दोस्त ईर्ष्या करते हैं कि मुझे रईस पत्नी मिली है। शानदार लैट की मालिक, जिसमें उसने मुझे रख छोड़ा है। उसी की मेहरबानी के कारण मुझे समंदर को इतने करीब से देखने, समझने का मौका मिला। लेकिन हर सिक्के के दो रुख होते हैं, मेरी जिन्दगी के भी थे। एक रुख देख कर दोस्त मुझे किस्मत का धनी कहते हैं और दूसरे रुख पर मैं आठ-आठ आंसू रोता हूं।

बड़ा सा फ्लैट, सिनेमास्कोप खिड़की से समंदर का नजारा कीजिए। उच्च स्तर के फर्नीचर से सजे कमरे में, मैं कुर्सी में धंसा खिड़की के पास बैठा रहता हूं। सामने समंदर है। मैं बियर पीता रहता हूं, मुझे नहीं पता बियर की कितनी बोतलें मैं खाली कर देता हूं। लहरें जरा-जरा सी देर में पथरीले तट पर सिर पटकती हैं। फिर जैसे-जैसे शाम गहरी होती जाती है, समंदर खौफनाक होता जाता है और उसकी आवाज भी बदल जाती है। जैसे वह गुस्से में हो। दूर कोई जहाज गुजरता है, रौशनी नजर आती है, और कभी-कभी उसका सायरन भी सुनाई देता है। तब फ्लैट में भी सन्नाटा भर जाता है। समंदर जोर-जोर से अपना सिर पटकने लगता है।

पत्नी का कोई समय तय नहीं है, उसे शूटिंग पर जाना होता है, वह नृत्य निर्देशिका है। सुना है उसका बड़ा नाम है। उसके नाम से फिल्में बिकती हैं। पहले उसका शरीर छरहरा था। फिरकी की तरह कभी यहां कभी वहां घूमती थी, मैं उसपर लट्टू हो गया। वह मोटी हो गई। अब तो वर्षों से मैंने उसे नृत्य करते नहीं देखा। लेकिन वह नृत्य निर्देशिका है। डांस स्कूल भी चलाती है। वह बहुत व्यस्त रहती है। मैं उस से सिर्फ मतलब की बात करता हूं।

पत्नी सप्ताह, पंद्रह दिन में एक लड़के को पकड़ लाती है और दोनों बेडरूम में बंद हो जाते हैं। मैं बियर की बोतल खोल लेता हूं। समंदर पथरीले तट पर सिर पटकता है। पत्नी की नजर में मैं 'झंड' हूं, अर्थात नामर्द! किसी काम का नहीं। ठीक है, झंड तो झंड! बियर पीता हूं ना मैं उसके पैसे की, ऐश करता हूं उसके नाम पर,

वाह-वाह करते हैं दोस्त मेरे भाग्य पर। पता नहीं बाहर का समंदर कब अंदर आ जाता है! और रात भर सिर पटकता रहता है।

कभी मुझे लगता है पूरा समंदर मेरे अंदर सिर पटक रहा है।

कभी मुझे लगता है मैं समंदर में असहाय सा बहता, डूबता जा रहा हूं।

एक दिन तो पत्नी ने गजब ही कर दिया। मेरे एक दोस्त के लड़के को उठा लाई। दोस्त को एक हफ्ता पहले हम शमशान पहुंचा आए थे। उसका लड़का जो मुझे अंकल कहता है, उसने मुझे जानबूझ कर नहीं पहचाना। 'विश' भी नहीं किया। नहीं किया, तो नहीं किया! मैं बियर पीता रहा। मैंने उसकी तरफ घूर कर देखा तो वह हंसा। खीखी, खीखी। मैंने सोचा उससे कहूं, 'अबे क्या खीखी करता है, तुझे क्या मैं जोकर नजर आता हूं!'

मगर मैं ने कुछ नहीं कहा। गुस्सा तो बहुत आया लेकिन मैं गुस्सा पी गया। अर्थात जहर पी लिया और मेरा कंठ नीला हो गया। नीला रंग किसी को नजर नहीं आया क्योंकि मैंने बन्द गले का शर्ट पहना था। मैं चुपचाप बियर पीता रहा। वे दोनों अंदर चले गए। बेडरूम का दरवाजा बंद हो गया। मगर उस लड़के की 'खीखी' बहुत देर तक मेरे आसपास मेरा मुह चिढ़ाती रही।

समंदर को देखते-देखते जब आंखें थक गईं, सोच-सोच कर जब दिमाग ऊंघने लगा तो मैंने खिड़की बंद कर ली। पर्दे खींच दिए और सोफे पर लुढ़क गया।

वह लड़का जो बेडरूम में पत्नी के साथ बंद है, उसको मैं तब से जानता हूं जब वह छः या सात साल का था, आज होगा बीस बाईस वर्ष का। यह लड़का बचपन में इतना नटखट था कि बड़े बड़ों के कान काटता था। उसकी मां की कोई सुंदर जवान सहेली आती तो झट से टेप लेकर उसके शरीर का नाप लेने लगता। लड़का छोटा और प्यारा था, इसलिए कोई उसकी इस हरकत का बुरा नहीं मानता। सब उसे प्यार करते। उसके माता-पिता कहते, यह बड़ा होकर जरूर ड्रेस डिजाइनर बनेगा। लेकिन अंदर की बात किसी को पता नहीं थी। शायद वह बचपन में ही इतना जवान हो गया था कि उम्र पीछे रह गई थी।

अब जवानी में यह लड़का क्या गुल खिला रहा है, यह तो वही जानता है, या फिर पत्नी, या उसका भगवान! क्योंकि मेरे पास यह रहस्य जानने के लिए न कोई रास्ता है न कोई खिड़की! इसलिए मैं बियर पीता हूं। समंदर में डोलती नौकाओं को देखता हूं। और समंदर का सिर पटकना सुनता हूं बार-बार।

***

एक फिल्मी पार्टी अटैंड करके जब मैं घर आया, तो हमारी नौकरानी रो रही थी। पत्नी ने उसे समझाया। 'अब रोने से क्या फायदा? पिछला कमरा खाली है,

फिलहाल वहां गुजारा कर, बाद में देखते हैं।'

मुझे बाद में नौकरानी की कहानी का पता चला।

'क्या बताऊं साब, मकान मालिक ने जगह बिल्डर को बेच दी और मुझे बेघर कर दिया। भगवान भला करे मैडम का, उन्होंने मुझे सहारा दिया।'

दिन भर नौकरानी ने मेरा काफी ख्याल रखा लेकिन जब रात मेरी पत्नी आई और उसके साथ फिर वही दोस्त का लड़का आया तो मुझे कोई आश्चर्य नहीं हुआ। दोनों जब बेडरूम में बन्द हो गए तो मैंने देखा, नौकरानी के चेहरे पर कई रंग आए और गए। उसने नजरें चुरा कर मेरी तरफ देखा और सारी कहानी एक पल में खुल गई। उसकी वह नजर मुझ पर घड़ों पानी उंडेल गई।

समंदर ने सिर पटका।

उफनते समंदर को देखकर मेरे अंदर कहीं दुबका हुआ एक विचार हड़बड़ा कर बाहर आया और मैंने सोचा, हमने समंदर को बेदखल किया। रिक्लेमेशन करके धरती पर आबाद हो गए, समंदर को दूर तक पीछे धकेल दिया। कहीं समंदर गुस्से में आ कर हमारी कॉलोनी को न निगल जाए।

अगर ऐसा हुआ तो? मैं कांप गया। बहुत देर तक यूंही बैठा रहा। आधी रात गुजर चुकी थी। मैंने खिड़की बंद की, पर्दे खींच दिए। एक फिल्म निर्माता के लिए 'वन लाइन' स्क्रिप्ट लिखनी थी। सोचा कि उसे शुरू कर दूं लेकिन मन नहीं हुआ।

मैं किचन के बगल वाले स्टोर रूम में पहुंचा। दरवाजा बंद नहीं था। मैंने हल्का हाथ लगाया तो दरवाजा खुल गया। अंदर नौकरानी अजब ढंग से सोई हुई थी। एक घुटना ऊपर एक नीचे, बड़े गले के ब्लाउज से उबलता वक्ष नजर आया और दिखाई दी ब्रेजियर की फटी हुई डोरी।

उसके हड़बड़ा कर जागने तक मैं वहीं खड़ा रहा।

'साब आप!' वह उठी, खड़ी हो गई। पल्लू से सीना ढांका। 'कॉफी बना दूं?'

'हां! ज्यादा बनाओ। थर्मास में भर कर मेरे टेबल पर रख दो, मुझे आज लिखना है।'

मैं फिर अपने टेबल पर आ गया। नौकरानी ने कॉफी बनाई। मैंने उससे कहा, 'तुम भी पियो।'

'नहीं साब।' वह बोली, 'मुझे नींद नहीं आएगी।'

'अरे नींद तो सूली पर भी आ जाती है, मेरे साथ कॉफी पियो।' मैंने जैसे आदेश दिया।

'नहीं साब।' फिर जैसे मेरा मान रखते हुए बोली, 'अच्छा।' और एक अलग मग में अपने लिए कॉफी लाई।

'क्यों?' मैंने कहा। 'अलग मग में क्यों? मैं जिस कप में पी रहा हूं उसकी जोड़ी वाला कप लाओ।'

'अच्छा साब।'

कॉफी लेकर वह नीचे बैठने लगी तो मैंने सामने वाली कुर्सी की ओर इशारा किया। 'यहां बैठो।'

वह मेरा हुक्म मान रही थी। वह कॉफी पीने लगी। मैंने बात शुरू की, 'कैसा चल रहा है?'

'क्या?' बड़ी-बड़ी आंखों से उसने पूछा।

'आदमी कहां है तेरा?'

'वह काम की तलाश में गया था, फिर नहीं आया।'

'कितने दिन हो गए?'

'चार साल।'

'चार साल! चार साल से तू अकेली है?'

'अब तो आदत होगई है।' फिर उसने भी सवाल कर दिया, 'क्या अकेले नहीं रह सकते साब? आप भी तो अकेले हैं।'

'लेकिन तू औरत जात...कोई रिश्तेदार?'

'कोई भी नहीं।'

'तू ने दूसरी शादी नहीं की?'

'कौन करेगा मुझसे शादी?'

'क्यों? तू इतनी सुंदर हैं, रूप का खजाना है तेरे पास, सब कुछ बड़ा-बड़ा...तेरे अंदर की क्षमता को किसी ने समझा नहीं है, तेरी आंखें कंवल कटोरे, तेरी गर्दन हिरणी जैसी, तेरा चेहरा पूर्णिमा का चांद। ओह माई गॉड! तेरी जवानी बर्बाद हो रही है।?'

वह शर्मा गई। 'आप तो मजाक करते हैं साब, मैं अब जाऊं?'

'जा कर क्या करोगी, तुम को तो नींद नहीं आएगी? यहीं बैठो बातें करो।'

'आप पिक्चर में गाने लिखते हैं क्या साब?'

'हां!' कुछ क्षणों बाद मैंने कहा। 'हां, लेकिन तुझे कैसे पता चला?'

'आप तो जावेद अख्तर से भी अच्छी शायरी करते हैं साब।'

'अरे, तू तो जावेद अख्तर का नाम भी जानती है!'

'वह क्या हुआ साब, हमारी झोंपड़ापट्टी में शबाना आजमी आई थी, किसको क्या तकलीफ है? पूछ रही थी, तो पीछे-पीछे जावेद अख्तर भी आया था।'

कुछ देर बाद उसने पूछा। 'साब एक बात पूछूं?'

'हां पूछो।'

'आप मैडम के साथ नहीं सोते?'

मैंने उसके सवाल को नजरअंदाज करते हुए कहा, 'यह लो कुछ रूपये, तुम अपने लिए कुछ अच्छे कपड़े खरीद लो।'

'नहीं साब।'

'अरे रख लो।'

'मैडम को मालूम पड़ा तो...'

'नहीं मालूम पड़ेगा।'

उसने मेरे दिए हुए नोट ब्लाउज में उड़स लिए। मुझे लगा ब्लाउज उसकी जवानी संभाल नहीं पा रहा है।

***

मैं बान्द्रा में लिंकिंग रोड से गुजर रहा था। एक दुकान से अपने लिए कुछ रूमाल खरीदे। अचानक नजर साइड टेबल पर गई तो वहां ब्लाउज बिक रहे थे। मैंने बड़े साईज के दो-चार ब्लाउज खरीद लिए।

पत्नी शूटिंग पर खंडाला गई थी। चार दिन का शेड्यूल था। उस शाम नौकरानी ने महाराष्ट्र शैली का खाना बनाया। बातों-बातों में वह मुझ से काफी बेतकल्लुफ हो गई और इंज्वाए करने लगी। मैंने उसे खूब जोक सुनाए। उसने मेरे पैर भी दबाए और सिर की मालिश भी की। उसने अपने बारे में बहुत कुछ बताया। मुझ से भी काफी कुछ उगलवा लिया।

***

आज समंदर इतना खौफनाक नहीं लग रहा था। छोटे बड़े बहुत सारे जहाज समंदर के सीने पर थे और लगता था आज कहीं भंवर नहीं है, कहीं तूफान नहीं है, हर तरफ शांति है। समंदर की लहरों के शोर में गुस्सा भी नहीं था।

नौकरानी के कमरे का दरवाजा उसी तरह भिड़ा हुआ था, वह उसी तरह सोई थी, एक घुटना ऊपर एक नीचे। मैंने उसे देखा। वह हड़बड़ा कर उठी।

'अरे साब आप! कॉफी बना दूं...?'

'नहीं...' मैं उसके बिस्तर पर बैठ गया।

'अरे नहीं साब। आप यहां मत बैठिये।'

लेकिन मैं नहीं उठा। मैंने उसे समझाया। 'देखो शालिनी। मुझे एक स्क्रिप्ट लिखनी है, उसमें बलात्कार का एक सीन है।' फिर मैंने बात बदल ली। 'देखो, मैं तुम्हारे लिए क्या लाया हूं!' मैंने उसके सामने खरीदे हुए ब्लाउज डाल दिए। 'देखो, मैं तुम्हारा कितना ख्याल रखता हूं, है ना?'

वह पहले तो खुश हुई, फिर शर्मा गई। 'क्या साब आप...'

मैंने कुछ देर बाद उससे कहा। 'देखो शालिनी, हम दोनों बेतकल्लुफ हो गए, यानी एक-दूसरे की बहुत कुछ बातें जान गए। आज...तुम और मैं...सिर्फ मैं और तुम, तीसरा कोई नहीं! तुम जानती हो टू इज कंपनी थ्री इज क्राउड!'

'नहीं साब। ऐसा मत बोलिए।'

'देखो, दुनियादारी सब बकवास है, हकीकत क्या है, सिर्फ मैं और तुम। और मैं तो झंड हूं। कुछ होने वाला नहीं, तुम डरती क्यों हो?'

'नहीं साब! फिर भी यह अच्छा नहीं...पाप है...आपकी इज्जत करती हूं मैं।'

'अरे, शालिनी, तुम मेरी दोस्त हो। मेरी मदद नहीं करोगी? मुझे सीन लिखना है। तुम को पैसा चाहिए, तो मेरा सब पैसा तुम्हारा...बोलो।'

'नहीं साब...मुझे ऐसा पैसा नहीं चाहिए।'

'किसी को पता नहीं चलेगा। मैडम भी चार दिन बाद आएगी।'

'फिर भी साब, ऐसा करना अच्छा नहीं।'

'शालिनी, मैं तो झंड हूं, तुम्हारा कुछ हल्का भारी नहीं होगा।'

'आप झंड नहीं हैं साब...झंड तो मेरा आदमी था जो मुझे छोड़ कर चला गया!'

मैं चैंक गया और वह रोने लगी।

✍ ✍

खास बात

एक खूबसूरत औरत ने रोते हुए इंस्पेक्टर को बताया।
"मेरी इज़्ज़त लूट ली गई है।"
इंस्पेक्टर जो गलती से इंस्पेक्टर बना दिया गया था, बड़बड़ाया। "क्या तुम जानती हो इज़्ज़त क्या होती है?" फिर ज़रा ऊंची आवाज में सवाल पूछने शुरू किए।
"क्या तुमने शोर मचाया था?
क्या तुमने अपने हाथ-पैर झटके थे?
क्या तुम्हारी चूड़ियां टूटी थीं?
क्या तुम्हारे बाल बिखरे थे?
क्या तुम्हें पता था कि जो लूटी जा रही है वो तुम्हारी ही इज़्ज़त है?"
"उस वक्त मुझे पता न था।" औरत ने पहलू बदला।
"तो फिर कब पता चला?
जब तुम नींद से जाग गईं...?
जब तुम्हारी ब्रेज़ियर फटी...?
जब तुम्हारा खून बहा?
जब तुम गंभीर हुईं...?
जब किसी ने देख लिया?
जब किसी ने कहा यह ठीक नहीं है?
जब तुमने सोचा कि तुम कहीं की नहीं रहीं?
जब तुम्हारे पति को पता चला?"
"मैं अपने पति को छोड़ चुकी हूं।" औरत ने पहलू बदला।
"तुमने उसे छोड़ दिया है, उसने तुम्हें छोड़ा है या नहीं? ये है अहम सवाल..."

"मैं उस से तलाक ले चुकी हूं।"

"मगर उसने तुम्हें तलाक़ दी है या नहीं? ये है अहम सवाल..."

"यह पुलिस स्टेशन ही है ना?"

"मतलब तुम शादीशुदा हो... मतलब इज़्ज़त लुट जाने से तुम्हारा कुछ हल्का-भारी नहीं हुआ... मेरा मतलब है..."

इंस्पेक्टर ने जुमला अधूरा छोड़ा और अबतक कि अकड़ कर कुर्सी पर बेठा था, थोड़ा ढीला होता हुआ बोला।

"शोर तो ऐसे मचा रही हो जैसे ग़ैर शादीशुदा...निपट कुंवारी..."

"क्या शादीशुदा की इज़्ज़त नहीं होती?"

"होती है शादीशुदा की इज़्ज़त, मगर वैसी नहीं जैसी किसी कुंवारी लड़की की।"

इंस्पेक्टर, जो गलती से इंस्पेक्टर बना दिया गया था, बड़बड़ाया, "क्या तुम जानती हो इज़्ज़त क्या होती है...?"

फिर ज़रा ऊंची आवाज़ से पूछा, "तुम्हारा नाम?"

"मिस रेखा शर्मा..." औरत ने कहा।

इंस्पेक्टर मुस्कुराया।

"आप मुस्कुराए क्यों...?" औरत ने पूछा।

"मैंने महसूस किया कि इतनी देर से तुम पहलू बदल रही थीं, अब पहलू ने तुम को बदल डाला है..."

"आप को इंस्पेक्टर किसने बनाया है?"

"मैं गलती से इंस्पेक्टर बना दिया गया हूं। ख़ैर, तुमने अभी कहा कि तुम शादीशुदा हो...?"

"मैंने यह भी तो कहा कि तलाक ले चुकी हूं।"

"आई सी...यानी क्या तलाक लेने के बाद फिर से 'मिस' हुआ जा सकता है, तलाक लेने से पहले मिसेज शर्मा...तलाक लेने के बाद मिस शर्मा?"

"क्या मिसेज से मिस होना भी मेरे हाथ में नहीं है?"

"बिल्कुल है... इतना ही तो तुम्हारे हाथ में है, बाकी सब हमारे हाथ में है। इसलिए जो पूछा जाता है उसका जवाब दो।"

वह बड़बड़ाया, "तुम शेड्यूल कास्ट तो नहीं?"

"जी...?"

"कुछ नहीं, मैंने अपने तौर पर इतमिनान कर लेना चाहा... शोर तो ऐसे मचा रही हो जैसे शेड्यूल कास्ट हो..."

"यह पुलिस स्टेशन ही है ना?"

"यही सवाल कभी-कभी मेरे आड़े भी आता है..."

"क्या शेड्यूल कास्ट की इज़्ज़त नहीं होती?"

"होती है इज़्ज़त शेड्यूल कास्ट की भी... मगर पैसी नहीं होती जैसे किसी ऊंची कास्ट की..."

इंस्पेक्टर बड़बड़ाया, "हुंह...तो तुम रिपोर्ट लिखवाना चाहती हो...?"

"जी...वर्ना क्या मैं पागल हूं, जो यहां आती...सोसाइटी में मेरी इज़्ज़त है।"

"क्या तुम जानती हो इज़्ज़त क्या होती है?"

फिर ज़रा ऊंची आवाज़ में पूछा, "क्या तुम्हें पता था जो लूटी जा रही है वो तुम्हारी ही इज़्ज़त है?"

"उस वक्त मुझे पता न था..."

"तो फिर कब पता चला?"

औरत रूहांसी होकर बोली, "जब वो आदमी पैसे दिए बिना चला गया...!"

✍ ✍

हवा की तरफ

कॉमरेड कदम की जब शादी हुई तो वह कम्युनिस्ट पार्टी का सक्रिय सदस्य था। शादी के एक सप्ताह बाद जब पत्नी के हाथों में लगी मेहंदी का रंग हल्का हुआ तो पत्नी ने कॉमरेड कदम से पूछा।

'हम कब तक हवा की तरफ मुंह करके रहेंगे?'

'क्या मतलब?'

मतलब यही कि कब तक गरीबी में रहेंगे? कब अच्छा खाएंगे, कब अच्छा पहनेंगे?'

कॉमरेड ने बड़े आशावादी स्वर में अपनी पत्नी को जवाब दिया था।

'जब तक इंकलाब नहीं आ जाता।'

***

कॉमरेड कदम के पिता ने किसी जमाने में एक एकड़ जमीन खरीद ली थी, उसी खेत में कॉमरेड का घर भी था। खेत में जवार, बाजरा और कुछ सब्जी उगा कर कामरेड की पत्नी घर का चूल्हा जलाती थी।

आंखों पर चश्मा, जिसका एक शीशा टूटा हुआ था, पैरों में रबर की स्लीपर, जिसे धागे से सिलाई करके पहनने योग्य बना लिया गया था। मैले कपड़े, बाल बिखरे हुए, कंधे पर गमच्छा, नहाने का होश नहीं, न खाने की फिक्र, न ढंग का मकान, घास-फूस की झोंपड़ी थी।

पत्नी के आंसू सूख चुके थे क्योंकि हर तरफ सपने थे, नतीजा कहीं भी नहीं था। कॉमरेड कदम की जवानी का दौर कम्युनिस्ट आंदोलन के उदय का दौर था। हर तरफ 'इंकलाब जिन्दाबाद' के नारे गूंजा करते थे। पिताजी के पदचिन्हों पर चल कर कदम कब लेफ्टिस्ट मूवमेंट से जुड़ गया, उसे याद भी नहीं। लेकिन वह हमेशा मजदूरों, किसानों और छात्रों के आन्दोलन में बढ़-चढ़ कर नारे लगाता रहा। पुलिस की लाठियां खाता रहा, गिरफ्तार होता रहा, रिहाई पाता रहा। प्रशासन को ज्ञापन

देता रहा। उसे आन्दोलन का जुनून हो गया। वह पैदल ही गांव, गांव, शहर, शहर घूमता और किसानों, मजदूरों और छात्रों से मिलकर उनकी समस्याएं जानता, उनके समाधान के लिए आंदोलन चलाता, प्रदर्शन करता, धरने देता। कई बार भूख हड़ताल की। सरकार ने न्याय दिलाने का वादा करके फलों का ज्यूस पिलाया और उसकी भूख हड़ताल तोड़ दी, अर्थात, रंग में भंग डाल दिया। सरकार ने अपना वादा कभी पूरा नहीं किया और कॉमरेड कदम को कभी देर तक हड़ताल करने नहीं दी। यानी न जीवित रहने दिया न मरने दिया। हुकूमतें बदलती रहीं लेकिन इंकलाब नहीं आया।

***

कॉमरेड कदम कहता, 'हम तो इंकलाब के लिए वातावरण बना रहे हैं, खाद की तरह इस्तेमाल हो रहे हैं। इंकलाब हमारे बाद आएगा और उससे आने वाली पीढ़ियों को फायदा होगा।'

और इसी बात से कॉमरेड की पत्नी रचना को चिढ़ थी, वह कहती, 'यह क्या बात हुई?'

कॉमरेड उसे समझाता। 'देख, अपने खेत में मेरे बाप ने आम के पेड़ लगाए थे, अब उसका फल हमारे बच्चें खाएंगे।'

'और हम क्या हवा की तरफ मुंह करेंगे?' रचना गुस्से में कहती।

कॉमरेड कदम के पास अगर कोई अपनी समस्या लेकर आता, तो वह खाने पर से उठ जाता। रचना बड़बड़ाती, 'अरे खाना तो खा कर जाओ।'

एक बार तो गजब हो गया। जब वह रचना के साथ बिस्तर में था, गाड़ी आधे रास्ते तक पहुंची थी, मंजिल जरा दूर थी कि दरवाजे पर जोर-जोर से दस्तक हुई। सरपंच का आदमी था, उसने कहा, 'कदम भाई! सरपंच को दिल का दौरा पड़ा है। तुरंत अस्पताल ले जाना है, चलो!'

और कदम सब कुछ छोड-छाड़ कर उठा, धोती संभालता, दरवाजा खोल कर बाहर निकल गया!

ऐसा पागलपन न कभी देखा न सुना।

कॉमरेड कदम गांव से शहर जाता, कम्युनिस्ट पार्टी का कार्यालय देखता, उसपर लहराता झंडा देखता तो देखता ही रह जाता। कार्यालय में पार्टी के वरिष्ठ नेता और अधिकारी उसे कार्यालय के अंदर बुलाते, कुर्सी पेश करते। कदम को उनके बीच घबराहट होती, वह जल्द से जल्द वहां से एक कप चाय पी कर भाग जाता। न कभी उसने अपने आप को नेता कहलवाया, न कभी पार्टी का कोई पद लिया। एक बार तो पार्टी ने उसे चुनाव लड़ने के लिए टिकट भी दिया लेकिन कदम ने अपने

एक दोस्त कॉमरेड का नाम पेश कर दिया और चुनाव में दोस्त को कामयाब कराने के लिए दिन-रात एक कर दिए। दोस्त चुनाव भी जीत गया, और पांच वर्षों में काफी दौलत भी समेट ली। रचना को पता चला तो वह ठंडी आह भर कर रह गई।

'इंकलाब... इंकलाब... इंकलाब... आखिर कब आएगा तुम्हारा इंकलाब? क्या तब तक मैं फटी हुई साड़ी में रहूं!' वह रूहांसी होगई। 'मेरा भी दिल करता है कि मैं दूसरों की तरह पहनूं, ओढूं, खाऊं पियूं, हमारा बच्चा इलेक्ट्रॉनिक खिलौनों से खेले। हमारे पास पैसा आए, ढेर सारा पैसा!'

'मैं कॉमरेड हूं, मैं लेटिफ्स्ट हूं, आंदोलन के लिए मैंने अपने आप को कुर्बान कर दिया है।'

'लेकिन यह तो मेरे और मेरे बच्चों के साथ अन्याय है।'

'गांधीजी लाखों करोड़ों रुपये कमा सकते थे लेकिन नहीं कमाए। उनकी पत्नी भी उनके साथ गरीबी में गुजारा करती रहीं। वह गांधीजी की ताकत बन कर खड़ी रहीं।'

'तो क्या मैं भूखे पेट रह कर तुम्हारी ताकत बनूं?'

रचना झुंझलाती और कॉमरेड करवट बदल कर सो जाता।

एक दिन, कॉमरेड कदम के साथ उसका पुराना दोस्त महादेव जोगदंड आया। सफेद कपड़े पहने, गले में सोने की मोटी चेन, कलाई में घड़ी, उंगलियों में सोने की अंगूठियां!

रचना हक्का-बक्का रह गई। उसने चूल्हे पर चाय चढ़ाई। कॉमरेड कदम और जोगदंड किसी आन्दोलन के बारे में बात कर रहे थे। इतने में कदम और रचना का बेटा संजू आया। जोगदंड ने उसे करीब बुलाया, प्यार किया।

'कितना छोटा था तू! आ, इधर बैठ।' फिर जेब से १०० रूपये का नोट निकाल कर दिया। 'ले, मिठाई खा लेना।'

संजू ने १०० का नोट हाथ में पकड़ा। पहले कदम को देखा फिर मां की तरफ देखा। रचना ने कहा। 'संजू...नोट वापस दे दे काका को...'

जोगदंड ने कहा, 'रहने दो भाभी! मैं बच्चे को दे रहा हूं।'

रचना ने कुछ नहीं कहा। वह चूल्हे से चाय की पतीली उतारने लगी। चाए में दूध डालकर तीन कप बनाए और सोचने लगी। जोगदंड और कदम ने साथ-साथ नारे लगाए थे। लेकिन आज कदम कहां रह गया और जोगदंड कितना आगे निकल गया है। उसने सुना जोगदंड कह रहा था। 'क्या करता यार, घर वाले कहते थे टीवी चाहिए। अच्छे कपड़े चाहिए, घर चाहिए। पत्नी को जेवर चाहिए। लड़के को हीरो होंडा चाहिए। मैं आंध्र प्रदेश चला गया। पार्टी के लिए काम किया। ऐसे मालदार

लोगों को लूटा जो गरीबों का शोषण करते थे। फिर लौट आया।'

कॉमरेड कदम ने पूछा। 'क्या तुझे उन से खतरा नहीं है?'

'जब तक जिन्दगी बाकी है, चलता रहेगा। मृत्यु अगर उनके हाथ है तो मैं क्या कर सकता हूं।'

***

रचना ने कहा। 'जब से शादी हुई है, इस घर में पेट भर खाने को तरस गई हूं।'

कॉमरेड कदम ने फिर उसे समझाया। 'काली रात जल्द ही खत्म होगी। और लाल सूर्योदय होगा।'

लेकिन साल पर साल गुजरते रहे।

सिर्फ सूर्यास्त होता रहा। सूर्योदय कभी नहीं हुआ!

एक दिन आन्दोलन में नारे लगा कर जब कॉमरेड कदम वापस आया, तो पत्नी ने कहा।

'आज पड़ोसी ने अपने संजू को टीवी नहीं देखने दिया। भगा दिया।'

'वह देखता ही क्यों है टीवी!'

'क्यों देखता है? तुम कैसे बाप हो! वह बच्चा है, जंगल बुक सीरियल उसे पसंद है।'

कदम हाथ, मुंह धो कर आया। भोजन परोसते हुए रचना ने कहा, 'क्यों जी, हम कोई छोटा मोटा टीवी नहीं खरीद सकते?'

'मुश्किल है। मैं किसी से रिश्वत नहीं लेता। हफ्ते नहीं खाता। चोरी नहीं करता।'

'फिर आप कोई ऐसी पार्टी क्यों नहीं ज्वाइन कर लेते, जहां पैसा मिलता हो।'

संजू बोला। 'बाबा, बाबा...आप कुलकर्णी काका वाली पार्टी क्यों नहीं ज्वाइन कर लेते, वे लोग दुकानदारों की पिटाई करते हैं, हफ्ता वसूली करते हैं। साहब लोगों के मुंह पर कालिख मलते हैं। सब लोग उनसे डरते हैं।'

'हरामखोर!' कॉमरेड भड़क गया।

'तू मुझे हफ्ता वसूली के लिए कह रहा है?'

'ठीक है, हफ्ता वसूली मत कीजिये, कोई नौकरी कर लीजिये।' पत्नी ने कहा।

***

कॉमरेड कदम कभी-कभी शराब के नशे में उन लोगों को गालियां देता जिन्होंने दौलत को अपने घर की रखेल बना दिया है। वह कहता, 'गरीबों की हाय लेकर हाय-फाय जिन्दगी गुजारने वालों का जल्द ही बैंड बजेगा।'

कॉमरेड कदम की दृष्टि में जोगदंड गद्दार था। जोगदंड बाद में फिर कभी घर नहीं आया। रचना उसकी बात छेड़ती तो कदम टाल जाता।

***

एक रात, कॉमरेड ने रचना से बहुत सी बात कीं।

सोते हुए बेटे संजू को प्यार किया और सो गया।

फिर कभी नहीं उठा। सोते में ही उसकी मौत हुई थी।

अंतिम संस्कार पर गांव के लोगों, दोस्तों, रिश्तेदारों के कहने पर बड़ा तामझाम करना पड़ा, अन्यथा भगवान नाराज हो जाएगा, मोक्ष प्राप्त नहीं होगा! यदि कोई कमी रह गई तो गांव वाले भी नाम रखेंगे। इस दबाव में रचना ने कान की बालियां जो वह अपने मायके से लाई थी, और मंगलसूत्र बेच दिया और बिरादरी को खाना खिलाया।

समय गुजरता रहा। कॉमरेड कदम का बेटा संजू जवान हो गया।

और एक दिन संजू ने मां को खुशखबरी सुनाई।

'मां! मैंने कुलकर्णी काका वाली पार्टी ज्वाइन कर ली है, लोग जिस से डरते हैं!'

✍✍

बिल्ली

मैं समुद्र तट पर बैठा था। मैं बैठा था समंदर को निहारता हुआ, कि मुझे लगा कोई मुझ से हौले-हौले कह रहा है।

'तेरा नाम क्या है? और नाम क्यों रखे जाते हैं?' फिर मैंने सुना। 'कभी सिर पर छत, कभी सिर छत पर, फिर पत्नी, फिर बच्चे, फिर दुनिया भर के खर्चे।'

'नहीं!' मुझे लगा मैं चीख रहा हूं। 'इन सबके अलावा एक बिल्ली, हरी-हरी आंखों वाली, आते जाते पैरों के आसपास गोल-गोल दायरों में घूमती हुई एक बिल्ली!'

खामोश हुआ तो लगा सांस फूल गई है। मुझे खुशी हुई कि फिर उस आवाज को मैंने बोलने नहीं दिया और वास्तव में फिर बहुत देर तक कोई मुझसे बोला भी नहीं।

कहीं जोर का खटका हुआ था। नींद उचट गई थी। एक डरावना सपना था, कि जैसे नींद का मतलब ही अब एक भयानक सपना होकर रह गया है।

एक बड़े घर का छोटा सा पिछवाड़ा, बड़े घर से पिछवाड़े को अलग करती एक दीवार और ऊंची दीवार से घिरी इस जगह पर हमने अपना 'घर संसार' सजाया है। दीवार पर चढ़ कर हमेशा की तरह फिर एक बार बिल्ली ऊपर से नीचे कूदती है और पूरी गृहस्थी को तहस-नहस कर देती है।

उस आवाज से मैं उठ बैठा हूं। बिखरी चीजों को देख रहा हूं। नमक का डिब्बा उलट गया है। हल्दी का पाकिट खुला गया है। तेल की शीशी लुढ़क गई है, आटे का कनस्तर डोल रहा है, धनिया, गरम मसाला, मिर्ची पाउडर और पता नहीं क्या-क्या अल्लम-गल्लम आपस में रुल रहे हैं।

पत्नी नुकसान से दुखी होकर भी संतुष्ट है।

'अच्छा हुआ, दूध सुरक्षित है।'

'लेकिन यह सब बिखर गया इसका क्या?'

'समेट लेंगे, जिन्दगी भर समेटते ही तो आए हैं।' पत्नी के लहजे में व्यंग की काट थी।

हजारों साल पहले गृहस्थी तहस-नहस करने वाली यह बिल्ली हमारे घर आई थी, वह शेर की मौसी थी और शेर ने आग लेने उसे हमारे घर भेजा था। लेकिन बिल्ली आग लेने आई और यहीं रह गई। पहले तो वह हमारा प्यार, दुलार पाती रही, फिर बाद में वह अपनी असलियत दिखाने लगी।

शहर में आने के बाद, बिल्लियों से मेरा कदम-कदम पर सामना हुआ है। मैं गांव से आया तो रोटी की तलाश में फंसा दिया गया एक पिंजरे में, जिसमें रोटी का टुकड़ा फंसा था। मैं पिंजरे में बंद था और बदसूरत, खूबसूरत, मोटी, दुबली बिल्लियां पिंजरे को घेरे बैठी थीं, अनादिकाल से शायद!

बिल्ली हमेशा की तरह ऊपर से नीचे कूदती है और सारा संसार जो पत्नी, बेटी और मैंने बड़ी मेहनत से संजोया है, बर्बाद कर देती है। जरा पत्नी की नजर चूकी कि बिल्ली कूदी समझो। और एक दूसरी बिल्ली जिस से मैं घर के बाहर त्रस्त हूं, मेरे सपनों को तोड़ देती है, उन सपनों की किरचियां बिखर जाती हैं, बजट डांवाडोल हो जाता है, प्लान बिखर जाते हैं।

इन बिल्लियों ने मुझे जिन्दगी की चूहा दौड़ में शामिल कराके बिल्कुल चूहा बना दिया है।

मैंने बिल्ली को मारने की कोशिश की।

'गर्बा कुश्तन रोज-ए-अव्वल।' फारसी कहावत है कि बिल्ली को पहले दिन ही मार देना चाहिए, मगर पत्नी ने मना किया।

'मारना नहीं...मारना नहीं उसे।'

'क्यों?' मैंने पूछा।

'सोने की बिल्ली चढ़ाना पड़ेगी जानते हो, और नई-नई आफतें टूट पड़ेंगी!'

बिल्ली मेरे होश-हवास पर छाई हुई थी। मैं आठों पहर बिल्ली के बारे में सोचता रहता था। कुछ इस तरह वह हमारी दिनचर्या में दाखिल हुई थी, कि मुझे लगता मैं भी उसके रूटीन में शामिल हूं!

***

आज कितने दिनों बाद मैं इतमिनान से सोया था। कुछ दिनों पहले, छोटे भाई को ठीक-ठाक नौकरी मिल गई थी और उसने तुरंत ही अपने ऑफिस की एक लड़की से शादी भी कर ली थी। शादी की खबर मां ने एक पत्र द्वारा दी थी। पिता की तस्वीर आज मुझे संतुष्ट महसूस हुई, तो मैं भी इतमिनान से सो गया।

साढ़े चार वर्षीय बेटी नागपुर जाने का प्रोग्राम बनाती रही। फिर अपने हिसाब

किताब से थक कर, दादी-दादी करती सो गई।

क्या उसके लिए दादी एक सुरक्षित 'डेस्टीनेशन' है? मैं सोचता रहा।

पत्नी कहने लगी। 'मां जी ने पत्र में लिखा है कि अब उनका दिल वहां नहीं लगता। लेकिन हम उन्हें यहां भी नहीं रख सकते! हम दोनों तो किसी तरह गुजारा कर लेते हैं, लेकिन मां जी...? और फिर यहां उनका स्वास्थ्य भी ठीक नहीं रहता। नागपुर में कम से कम तबीयत तो ठीक है।'

यह सब कहते हुए पत्नी ने एक बार फिर मुझ से आंख नहीं मिलाई। वह सिर्फ कहती रही, और झुके हुए चेहरे के साथ, बिना कारण पैर हिलाते हुए मैं सुनता रहा।

'मां ने कहा है कि आप जा कर उन्हें ले आइये। लेकिन आप जाएंगे कैसे?'

'हां, भला मैं कैसे जा सकता हूं! चारों तरफ बिल्लियां हैं, कूदती फांदती बिल्लियां, महीने से पहले तनख्वाह खत्म कर देने वाली बिल्लियां! चादर सुकेड़ती, खर्च बढ़ाती बिल्लियां! चादर से बाहर निकलते हाथ पैर काटने पर उकसाती बिल्लियां, रोती रुलाती बिल्लियां। ऐसी बिल्लियों को खत्म करने के लिए भी क्या सोने की बिल्ली चढ़ाना जरूरी है?' मैं पत्नी से सवाल करता हूं लेकिन वह समझदार है, बड़ी सावधानी से बात करती है।

***

एक बार शेर की तस्वीर देख कर मैंने सोचा, 'शेर की कल्पना करने के लिए आपके पास बिल्ली का होना जरूरी है!'

अब तो खर्राटे भरती पत्नी भी खुर-खुर करने वाली बिल्ली लगती है।

एक बार पत्नी के साथ बाजार गया तो पत्नी अचानक बोली। 'रुको... रुको! काली बिल्ली रास्ता काट रही है।'

मैंने सोचा। 'तुम से भी बड़ी कोई बिल्ली है!'

लेकिन मैंने कहा। 'चलो, कुछ नहीं होता... शायद हम उसका रास्ता काट रहे हों...!'

जब भी हमारी नजर बिल्ली पर पड़ती और लगता कि बस अब वह कूदी, तो हम उसे दूसरी तरफ हंका देते, मगर जरा नजर चूकी कि बिल्ली बाथरूम की नाली के छेद से अंदर घुस आती थी। नाली के छेद से अंदर आती हुई बिल्ली नुकसान नहीं पहुंचाती थी। वह दबे पांव आती, टोह लेती कि कहां क्या चल रहा है? देखती और एक-आध बर्तन चाट-चूट कर निकल जाती। लेकिन जब वह हम सब की नजरें बचा कर दीवार से कूदती तो सारे किए कराए पर पानी फिर जाता। तब बिल्ली कुछ खुश, कुछ डरी सहमी दरवाजे के पास दुम उठाए खड़ी रहती, जैसे एक मक्कार

चमक आंखों में लिए हालात का अन्दाजा लगी रही हो। पत्नी कहती। 'देखिये, खतरनाक सी लग रही है। हो सेकता है झपट पड़े।'

मैं कोने में पड़ा डंडा उठा लेता। लेकिन पत्नी मुझे फिर रोक देती।

'मारना नहीं!'

'नहीं, मैं बस उसे डराना चाहता हूं।'

उस दिन भी बिल्ली ने मुझे देखा, तो तुरंत दुम दबा कर नाली के छेद से निकल भागी।

'चलिये, मैं सब समेटती हूं, शीशे के टुकड़े जमा करती हूं।'

बच्ची सोते से उठ कर सहमी सी मेरे पास आ कर खड़ी हो गई थी। वह इतनी छोटी उम्र में बहुत कुछ जान गई है। सुबह उसने मुझे बताया था। 'डैडी! आप नहीं थे, तो मकान मालिक आया था।'

मकान का न दिया गया किराया इस छोटी सी उम्र में ही उसकी चिंता का कारण बन गया है। पत्नी ने बात बदली। 'क्या दीवार पर शीशे के टुकड़े और नाली के छेद पर जाली नहीं लगाई जा सकती?'

बच्ची बोली, 'चलो, डैडी! मां झाडू लगा रही है। हम जरा बाहर टहल कर आएं।'

इस तरह हम तीनों, एक दूसरे को आने वाली सुबह के लिए तैयार करते हैं।

***

एक बार बिल्ली मुझे देख कर अचानक भाग गई। मैं सोचता रहा कि बिल्ली अचानक क्यों भागी? बाद में बिल्ली की प्रकृति का एक रहस्य यूं खुला कि अगर बिल्ली मालिक की कोई ऐसी चीज चुरा लेती है जो मालिक ने बहुत संभाल कर रखी हो, तो बिल्ली इस डर से कि कहीं मारी न जाऊं, भाग जाती है। बाद में खुशामद करने लगती है। अपना शरीर मालिक के पैरों पर रगड़ने लगती है। वह सोचती है कि इस खुशामद से वह अपने मकसद में कामयाब हो जाएगी और माफ कर दी जाएगी।

बिल्ली ने मेरा क्या चुराया है, यह मैं अच्छी तरह से जानता हूं! मैं बिल्ली की पैंतरे-बाजी समझने लगा हूं। मैं उसे इतनी जल्दी माफ भी नहीं करूँगा।

***

मैं समंदर किनारे बैठा था और पत्नी घुटनों-घुटनों पानी में दूर तक चली गई थी। बच्ची रेत का घरौन्दा बना रही थी और सहमा हुआ समंदर झाग छोड़ रहा था। मैं उठा और पानी में चलता हुआ पत्नी के करीब पहुंचा। उसे कमर से पकड़ लिया, फिर उसे घसीटता हुआ गहरे पानी में ले गया। फिर वहां से उथले पानी में रेलता

हुआ लाया। उसे चिल्लाने की भी मोहलत नहीं दी। तब शायद हमारी इस हरकत पर समंदर को शर्म आई और एक भारी-भरकम लहरों की चादर उसने हम पर ओढ़ा दी। जब समंदर लहरों की चादर लेकर दूर हुआ, तो मैंने अपने नीचे मचलती पत्नी को जोर से दबोच लिया और बोला। 'अपन घोड़ा-घोड़ा खेलेंगे!' लेकिन वह ठहरी मछली, फिसल गई। मैं गल डाले बैठा रहा। वह दोबारा नहीं आई। मुझे अच्छा नहीं लगा। मेरे अंदर कहीं मीठा-मीठा दर्द उठा। मैंने पत्नी से फिर कहा। 'अपन घोड़ा-घोड़ा खेलेंगे!'

'मुझे अच्छा नहीं लगता!' उसने चिढ़ कर कहा, 'पानी में घोड़ा-घोड़ा खेलना मुझे अच्छा नहीं लगता।'

गुस्सा अगर कहीं धरा रह सकता है, तो वह उसकी नाक पर धरा था।

मैंने उसे मनाया। 'मेरी मछली! या तो मेरे कांटे में फंसो, या मुझे कांटे समेत खींच ले चलो!'

लेकिन वह कुछ नहीं बोली। मुझे अच्छा नहीं लगा। मैं बस देखता रहा कि वह मेरे साथ भी थी और नहीं भी थी।

भीड़ से दूर समंदर किनारे बैठा हुआ मैं, नर्म और निढाल रेत! फिर मुझे लगा कि जैसे मेरे कान में कोई बोल रहा है।

'सिर पर छत, पत्नी, बच्चे, खर्च!'

'नहीं! उनमें एक बिल्ली!' मैं लगभग चींखा। 'एक बिल्ली, हरी-हरी आंखों और मखमली दुम वाली।'

'ठीक है, ठीक है।' आवाज ने स्वीकार किया। 'यह घंटी ले और बिल्ली के गले में बांध।'

मैं उठा और घंटी जेब में रखी।

पत्नी ने पूछा, 'कहां जा रहे हो?'

अगर मैं कहीं जा रहा होता तो बोलता। मैंने कोई जवाब नहीं दिया और चलता बना।

भीड़ में मुझे लगा कि घंटी नहीं बजना चाहिए। मैं सावधान रहा मगर घंटी बार-बार बजी और जब नहीं बजी तब भी मुझे लगा कि बज रही है!

मैंने कुछ दिन बिल्ली का इंतजार किया। मगर वह नहीं आई।

और जब अचानक एक दिन आई, तो मैंने घंटी बहुत तलाश की, लेकिन हैरान हुआ कि घंटी कहां खो गई?

पत्नी ने कहा।

'हाथी से बड़े डील-डौल वाला कोई जानवर आज इस दुनिया में नहीं है। मगर

इतने बड़े जानवर के दिल में भगवान ने बिल्ली का डर रख दिया है।'

मैं पत्नी की बात पर चौंक गया, और मेरे अंदर शक की छिपकली चुक-चुक करने लगी।

***

समय जिन्दगी की मुट्ठी से रेत की तरह फिसलता रहा।

अनुभवों से पता चला कि घंटी का मिलना और बिल्ली का गुम होना एक सपने से ज्यादा कुछ नहीं। हकीकत बिल्ली का दीवार से कूदना है।

एक पड़ोसी ने मुझे बताया कि हमारी संस्कृति में बिल्ली को मारा नहीं जाता, भगा दिया जाता है। हम बिल्लियों को अपने घर से भगाने में लगे रहते हैं लेकिन बिल्लियां भाग कर फिर वापस आ जाती हैं, बिल्कुल उसी तरह जैसे सड़क वापस आती है।

मैंने पत्नी और बेटी को बताया कि बिल्ली से दूध को बचाए रखने के लिए हमें होशियार रहने की जरूरत है।

हमने नाली का छेद ईंट से बंद कर दिया, टूटने-फूटने वाले सामान अंदर के कमरे में रख दिए। लेकिन क्या-क्या बचाएं और कब तक बचाएं?

पता नहीं मैं अब इतमिनान से कभी सो पाऊंगा भी या नहीं?

अक्सर बिल्ली को अपने आसपास दबे पांव घूमते देखता हूं।

खामोशी से चलती हुई बिल्ली, कब किस तरफ से हमला कर दे, कुछ कहा नहीं जा सकता।

रात, दिन बिल्ली अपने उद्देश्य और लक्ष्य में सफल होने की कोशिश में रहती है, और एक बिल्ली कई-कई बिल्लियों में तबदील हो जाती है।

✍ ✍

जून

मालगाड़ी रेलवे लाइन पर धीरे-धीरे सरकने लगी, खटर-खटर की आवाज़ के साथ, लोहे के पहिये खिसकने लगे, जंजीरें, बंद वैगन, तेल की टंकियां। मैं दाहिनी तरफ था और रेलवे लाइन पार करना चाहता था। बाईं तरफ एक मरघिल्ला कुत्ता, पतला काला शरीर लिए, लपलपाती जबान निकाले, पीली पीली आंखों से शून्य में घूरता हुआ। गुजरती मालगाड़ी के पहियों के बीच टोह लेता खड़ा था। मेरी तरफ आने की कोशिश में, रेलवे लाइन पार करने की जल्दी में, कभी आगे की तरफ खिसकता, कभी पीछे की तरफ सरक जाता। मैंने उसे जोर से झिड़का था।

"अरे हट..."

मुझे लगा था कि रेंगती मालगाड़ी के पहियों के बीच की ख़ाली जगह से वह इधर की तरफ लगभग कूदने की कोशिश में है। इसलिए मैं चीखा था। मेरे चिल्लाने पर वह पीछे हट गया। लेकिन फिर आगे की तरफ झुका।

"अरे हट...!" मैं फिर चिल्लाया। लेकिन देखते ही देखते वह एकदम कूद पड़ा। और मालगाड़ी का एक पहिया उसे कुचलता काटता गुजर गया। 'खचक' की आवाज के साथ वह बिखरा, अंतड़ियों के सफेद तार, हरा पानी, पीला मग़ज़, पिंजर एक तरफ, चमड़ी में झूलते पैर दूसरी तरफ।

अब मालगाड़ी की रफ्तार तेज़ हो गई थी।

धड़ाक धड़ाक की आवाज के बीच सब कुछ ठहर सा गया था। मेरे अंदर भी कहीं 'खचक' की आवाज उभरी थी। मैंने साफ़ सुनी थी आवाज़ और मैं अंदर दूर तक बिखर गया था। उसकी अंतड़ियां अब भी गोल घूमते पहियों से लिपटी चली जा रही थीं।

मैं घबराया सा घर आया।

नहाने के लिए एक हाथ में तौलिया और साबुनदानी संभालता बाथरूम का दरवाजा ज़ोर से अंदर की तरफ धकेलता हुआ दाखिल हुआ और एकदम घबराकर

बाथरूम से निकला, जल्दी में साबुनदानी हाथ से छूट गई, बाथरूम में वह नहा रही थी!

दरवाजा खोलते ही अंदर की कुंडी फिसल गई थी और दरवाजा चौपट खुल गया था। बाथरूम में कोई है या नहीं, यह जानने से पहले ही मैं अंदर दाख़िल हो गया था। मैं पानी पानी हो गया और पानी को जिधर ढलाव मिला बहने लगा। जैसे ही उसने मुझे देखा तो वह फौरन पलटी, खड़ी हुई, बैठ गई, एक ही वक़्त में डर और शर्म के मारे हाथों ने उसे मुझसे बचाया। रिश्ता जो भी था इस लड़की से मगर यह सच है और मुझे अब यह बात स्वीकार कर ही लेनी चाहिए कि मेरे लिए इस लड़की में बड़ी कशिश है।

***

मैं बौखलाया सा जब रेलवे लाइन के पास आया तो कुत्ते का वह पिंजर काले कौवों की चोंचों के बीच इधर उधर उलट-पलट हो रहा था। जैसे उसमें जान थी। जैसे वह अब भी पार होना चाहता था। जैसे उसकी कोई दिशा थी। 'खचक' की आवाज़ मेरे अंदर बिल्कुल ताज़ा थी। मैंनें गहरी सांस भरी थी।

बहुत दिनों बाद मैंने अपने अन्दर एक गहरी सांस भरी थी। लेकिन हर तरफ बदबू फैली थी। वह सीधे मेरी नाक के रास्ते अंदर दूर तक भरती चली गई। मैं रोक न सका। न कोई विरोध, न प्रतिकार... मेरे मुंह से बस यही निकला...

"अरे हट...!"

वह लड़की...सुबह के धुंधलके में कुत्ते की ज़ंजीर थामें गुजरती हुई, आवारा कुतिया के पीछे ज़ंजीर छुड़ा कर भाग जाने वाला कुत्ता... बाथरूम में चौकोर पत्थर पर बैठी लड़की... खूंटी पर टंगे कपड़े... सिर पर बंधे बाल...पूरे बदन से बहता पानी, कमर से टपकती पानी की धार... कभी-कभी कितना खूबसूरत होता है पानी का सफर...सुबह जिस्म पर साबुन की सफेद धुंध... खुशबू की धुंध... वह खुशबू मेरे अंदर उतरती चली गई। मैं नाक झटकता फिरा, लेकिन वह खुशबू नहीं गई। वह खुशबू अब एक दिशा में जा रही थी। वह खुशबू बाथरूम से निकली... वह सिर्फ खुशबू नहीं थी। उसे फैलाव था। उसे आकार था, उसे वज़न था, वह अपने आप में साकार थी। और फिर सबसे बड़ी बात ये कि वो एक दिशा में जा रही थी। फिर सात अग्नि फेरे हुए थे और वह लड़की ससुराल चली गई थी। लेकिन खुशबूओं ने जैसे मुझे पूरा निगल लिया था।

अब दो तरह की बूएं एक जान हो गई थीं।...खुशबू और बदबू...मैं घेरे में था...

***

शादी के बाद वह लड़की मिली थी। पता नहीं किस मीडियम पर मैं बोल रहा था और किस मीडियम पर वह सुन रही थी। लेकिन ये सच है कि हमारे बीच बातचीत हुई थी।

"... पिछला सब भूल जाओ।"

"... पिछला सब भूल जाओ मतलब? आज पांच साल हो गए, क्यों ऐसा किया? इंकार कर देती? क्यों तड़पाने वाली नज़रों से देखती थी मेरी तरफ? मुझे तू ने गलत-फ़हमी में डाला!"

"मैंने तुझे धोखा नहीं दिया।"

"चल हट, तेरी नज़र एक जगह नहीं थी छिनाल..."

"गाली मत दे..."

"तू ने कहा आसमान के तारे तोड़ कर लाने के लिए। फिर बोली एक कनस्तर मिट्टी का तेल लाओ। मैंने वो तमाम तारे एक कनस्तर के बदले बेच दिए और कंगाल हो गया तेरे पीछे... तू बोली मेरा इंतजार करेगी और चली गई। इतनी अंगार थी तेरे में हरामज़ादी।"

"मैंने इंतजार किया।"

"चल हट, दूंगा एक... मैं आया मिट्टी का तेल लेकर, तू नहीं थी, तूने मुझे अच्छा चूतिया बनाया, क्या मैं ही मिला था तुझे... वो एक दिन कि मेरे कपड़े तार-तार... कि मेरा रेगिस्तान सूखा, कि मेरा गरेबान चाक-चाक... कि मैं देखूं अपनी शक्ल पानी में और तू नज़र आए। कि मैं दौड़ूं तेरा नाम लेकर और पांव में छाले पड़ जाएं। यह एक इतिहास है जो खुद को दोहराएगा। और तू कहती है कि पिछला सब भूल जा..."

"...मेरे बस में कुछ भी नहीं था।"

"...चल हट... शादी से पहले तू प्रेग्नेंट थी, हरामज़ादी।"

"...थप्पड़ मारूंगी एक, बस बोले जा रहा है पटर-पटर जो मुंह में आ रहा है, क्या समझता है? क्या समझता है आख़िर? तेरी बहन होगी प्रेग्नेंट!

"मैंने बुलाया तो कैसे दौड़ कर आई साली किसी कॉल गर्ल की तरह।"

"गाली मत दे, मुझे अपना संसार करने दे।"

"ठीक है, तो फिर आ तू अपने पति से निकल कर, है तुझ में हिम्मत, आ तू अपने पति से निकल कर और मैं अपनी पत्नी से छूट कर...आ, छुप-छुपा कर कुछ करें..."

***

मालगाड़ी धीरे-धीरे सरक रही थी। खटर-खटर की आवाज़ के साथ जंजीरें,

लोहे के पहिये, वैगन, तेल की टंकियां।

आखिर खुशबू के पीछे खिंचा-खिंचा मैं वहां पहुंच ही गया था।

वह लड़की उस मकान के किसी कमरे में छप्पर-खट पर यहां से वहां तक फैली होगी और उसका पति अपनी ज़बान लपलपाता राल टपका रहा होगा। कुत्ता साला। मैंने तिरस्कार से कहा। "भौं...भौं...! मुझे पार हो जाना है, गुजर जाना है।"

तभी कोई चिल्लाया, "अरे हट...!"

लेकिन मैं... उसी वक़्त, मालगाड़ी के दो पहियों के बीच!

'खचक' की आवाज खुद मैंने भी सुनी और सुना कि कोई अब भी चिल्ला रहा है...

"...अरे हट...!"

✍✍

बिग बैंग

हां तो एक दिन क्या हुआ, कि छाजों पानी बरसा, पूरा शहर जलथल हो गया। 'माहिम' स्टेशन पर रेलवे ट्रैक पानी में डूब गए! 'विरार' इलाके की लड़की 'चर्चगेट' पर फंस गई! कैसे जाएगी घर...ट्रेन बंद हो गई...

और लड़का जिसकी मसें भीग रही थीं, उसका क्या हुआ?

वह लड़का जो गांव नहीं जाना चाहता। वह लड़का जो कागज की नाव लाया था अपने साथ, जो यहां के समन्दर में तैराई न जा सकी, वह लड़का जो हावड़ा एक्सप्रेस से आया था और दादर स्टेशन के प्लेटफॉर्म पर उतरा था। चका-चौंध को छूने की चाहत ले कर...वो लड़का जो अपने सपनों को साकार करना चाहता था। अपना कल्चर लाया था अपने साथ, यहां आ कर भीड़ में बदल गया, यहां आ कर उसका कल्चर दूसरी संस्कृतियों के साथ मिलकर चौपाटी की भेल बन गया।

वो लड़का जो भीड़ में अकेला रह गया...

तो भय्या! एक दिन क्या हुआ कि छाजों पानी बरसा कि पूरा शहर जलथल हो गया, 'माटुंगा' इलाके में पानी भर गया। डिजास्टर मैनेजमेंट हाथ मलता रह गया। समन्दर गुस्सा हुआ कि मैं तो ऊंची जाति का हूं और अछूत पानी कैसे स्वीकार करूं... और ऐसे में भय्या चारों तरफ जलथल कि टैक्सी नहीं, कि रिक्शा नहीं, लाल रंग की बसें भी जान छुड़ा कर खुदा जाने कहां जा छुपीं...!

माटुंगा के भरे हुए पानी ने समन्दर के व्यवहार पर अफसोस ज़ाहिर किया। समन्दर तो भेदभाव पर उतर आया है। खुदा ख़ैर करे!

तो लड़की विरार की फंस गई चर्चगेट में। लेकिन वह वाटरप्रूफ थी। नॉन मैग्नेटिक भी थी, ऑटोमेटिक थी कि टिक-टिक करने लगी।

चारों तरफ पानी ही पानी था... कि घुटनों तक पानी था, कि गर्दन तक पानी था... कि सिर से ऊंचा पानी था! कि लड़की के अंदर लगातार ब्लास्टिंग हो रही थी, कि मूर्तियां टूट रही थीं! मलबा उड़ रहा था और लड़का घायल हो रहा था।

अंदर से बाहर से, ऊपर से नीचे से, दाएं से बाएं से...

क्या लड़के की मसें आज रात भीग जायेंगी!

लड़की के लिए यह एक सोचने वाली बात थी। जैसे मुंबई पहले पांच द्वीपों का शहर था, वही हालत फिर से पैदा हो गई। पांच द्वीप फिर उभर आए!

***

लड़के ने कहा। "घबराओ नहीं! मैं हूं ना तुम्हारे साथ... कांपो नहीं ठंड से...मेरा कोट ले लो, मुझ पर भरोसा करो, मैं हूं ना तुम्हारे साथ...!"

कहीं कुछ खाने के लिए नहीं था। लड़की ने अपने बैग से वेफर्स का पैकेट निकाला, फिर पानी की बोतल निकाली और अपनी लिपस्टिक ठीक की।

"कैसी लग रही हूं मैं...!"

लड़के ने कहा, "सुबह कुछ पता नहीं चला, सुबह तो कड़क धूप थी, फिर अचानक बारिश हो गई! और इतनी बारिश! ऐसी बारिश मैंने कभी नहीं देखी!"

लड़की ने कहा, "तुम जानते हो मेरे अंदर ब्लास्टिंग हो रही है, और तुम हो कि घोंचू... और तुम हो कि बुद्धू...कुछ समझ ही नहीं आता है तुम्हें, और तुम हो कि दब्बू... कुछ पल्ले ही नहीं पड़ता तुम्हारे..."

"मसें भीगने का इंतज़ार करो मोना डार्लिंग!" लड़का कहता है।

"देखूंगी, देखूंगी वर्ना निकल जाऊंगी! हां...मैं भी आख़िर कब तक इंतज़ार करूं?"

***

"आओ कि एक ख़्वाब बुनें...! आओ एक सपना साकार करें।"

"ख़ुदा करे पानी इसी तरह बरसता रहे, सारा शहर डूब जाए पानी में, सातों समन्दर एक हो जाएं, और कितना अच्छा हो कि पांच द्वीपों वाला यह शहर तुम्हारा बाप मुझे दहेज में दे दे!"

"लेकिन नहीं देंगे, क्योंकि तुम जार्ज द्वितीय नहीं हो।"

"तुम भी कौन सी पुर्तगाल की राजकुमारी हो?"

"बकवास बंद करो... आओ कि एक नाव बनाएं, एक-एक जोड़ा हर प्राणी का ले लें, नाव बनाएं, चप्पू चलाएं, मुझे चप्पू चलाने में बड़ा मजा आता है।"

"चप्पू चला कर कहां जाएंगे?"

"कहीं भी, चप्पू चलाते रहेंगे कयामत तक, नाव चले न चले..."

"और तुम्हारे मां बाप...!"

"सब पर डालो ख़ाक, मरने दो सालों को, एक तुम और एक मैं, बस इतना ही याद रखो, एक हिप्पी दोस्त ने कहा था, सांप को पाल लो, बाप को नहीं।"

"ब्लास्टिंग हो रही है। ज़मीन तरह तरह की धातुएं उगल रही है, मगर पड़े

पड़े खर्राटे ले रहे हैं साले। कपड़ों की टांके उधड़ रहे हैं। धमाके, धमाके, धमाके, मगर चैन की बांसुरी बजा रहे हैं साले। नेरो की औलाद कहीं के।"

"नैतिकता पर हमला मत करो और मां बाप को बीच में मत लाओ। आख़िर उन्होंने तुम्हें पैदा किया है।"

"हमने उनसे कब कहा कि हमें पैदा करो, भाड़ में जाएं ऐसे मां बाप।"

"छोड़ो सब, नाव बनाओ नाव, पहले बेटे को छोड़ दिया था। इस बार बेटे को नाव में बिठा लो, बाप को छोड़ दो। जब पानी उतरेगा तो तुम्हारी नाव 'जूदी' पहाड़ पर टंगी होगी।"

"बाप रे, तो फिर उतरेंगे कैसे?"

"पानी उतरेगा तो हम भी उतर आएंगे।"

"अब्बा आये थे, इस शहर में शायद बनवास काटने।"

"उनके पीछे अम्मा भी तो थीं।"

"कहां से आए थे पता नहीं वो लोग, मगर आए थे ज़रूर।"

"नहीं, वो कहीं से नहीं आए थे, वो हमेशा से यहीं थे।"

"वो हमेशा से यहीं कैसे हो सकते हैं, वो कहीं न कहीं से तो आए होंगे।"

"जाने दो... मेरा सिर दर्द करने लगा है।"

"सुना है वो सत्तू पर गुज़ारा करते थे।"

"सत्तू! वाह क्या चीज़ है, सत्तू मन भत्तू... घोलेंगे फिर खाएंगे...वाह!"

"लेकिन तुम कब आए थे?"

"आए थे हम भी, कभी न कभी। जब घना और चमकदार अन्धेरा था, मगर आंखें चुंधिया रही थीं, जिस्म पर कांटे उगाने वाला सन्नाटा था, और तुम जानती हो यह घटना सूरज के जन्म से पहले की है। फिर एक ठंडी ठंडी, सुहानी हवा का झोंका आया था। वह रेशमी हवा थी और वह खुश करने वाला झोंका था, और पता है तुम्हें उस झोंके की खुशबू बांझ नहीं थी, और मैंने उसे पकड़ लिया था।"

"फिर एक बड़ा धमाका हुआ था। 'बिग बैंग' याद है तुम्हें...और एक चीख!"

"वह चीख किसकी थी? क्या वह दुनिया के जन्म लेने की चीख़ थी?"

***

लड़का अब गांव नहीं जाना चाहता। शहर उसके लिए एक कंबल की तरह है जो उसे किसी तरह नहीं छोड़ता। वह गांव का बड़ा मकान छोड़ कर अपने सपने साकार करने यहां आया है। वह फुटपाथ पर सो जाता है। पब्लिक नल पर खड़े खड़े खुले में नहाता है, मगर गांव नहीं जाता। जमीन-जायदाद, इतना बड़ा मकान, नर्म गद्दे वाला बिस्तर और बंद बाथरूम उसका इंतजार करते हैं।

यह शहर हमेशा उसके सामने खड़ा रहा, उसे ललचाता रहा, लेकिन जब वह छूने के लिए आगे बढ़ा, तो शहर दूर चला गया, लेकिन वह रहा नज़रों के सामने, लड़का कोशिश करता रहा... लेकिन हारता रहा... शहर जीतता रहा... यह शहर एक सपना था जो उसने देखा था। जैसे अरब सागर शहर को गुदगुदाता है, वैसे ही यह सपना भी उसे गुदगुदाता था!

तो भय्या! नाव तैयार है, भूख बहुत है लेकिन प्यास उड़ गई है और नान बाई के पास रोटी नहीं है क्योंकि उसके तंदूर से पानी उबल रहा है। खाने के लिए वेफर्स का एक पैकेट और पानी की बोतल। भय्या क्या करें, कहानी सुनें कि सिर धनें, कि 'जूदी' पहाड़ पर अटक जाएं, कि 'केन' की तरह 'एबल' को क़त्ल करें, कि 'याजूज-माजूज' की तरह दीवार चाटें! कि अपना एक कान बिछा कर दूसरा ओढ़ लें।

तो भय्या! विरार की लड़की फंस गई चर्चगेट में और पानी ही पानी!

***

गांव से ख़त आया है। मां की तबीयत खराब है, बहन के हाथ पीले करने हैं, काली भैंस ने बछड़ा दिया है। बाप कहता है तुझे बीएससी एग्रीकल्चर इसी लिए कराया था कि शहर की ख़ाक छाने, वड़ा पाव पर गुज़ारा करे, अरे अपने पास ज़मीन है, उपजाऊ ज़मीन! तू अगर यहां आ जाए तो ज्यादा अनाज उगलेगी, यहां की हलवा पूरी छोड़कर तू वहां वड़ा पाव खा रहा है? लड़की वाले पूछ रहे थे। उनको मैं क्या जवाब दूं? मां तेरी चिंता करते करते बीमार हो गई। आ जा बेटा! हम सोयाबीन की खेती करेंगे, यूकेलिप्टस के पेड़ लगाएंगे...

और देखते ही देखते जो उभरे थे पांच द्वीप, पलक झपकते में गायब हो गए। मंजर धुल गया, पानी उतर गया, समन्दर ने जिद्द छोड़ दी। पानी उतरा तो दोनों नाव से उतर आए। लड़की ने देखा कि ट्रैफिक शुरू हो गया है। चर्चगेट से विरार की तरफ न सिर्फ ट्रेनें चलने लगी हैं बल्कि वापस भी आ रही हैं।

रात लड़की ने लड़के को राम किया था, सुबह राम राम कर दिया।

लड़का हाथ हिलाता रह गया... तो क्या वह जिंदगी भर हाथ हिलाता रह जाएगा?

और वक़्त रेत की तरह जिंदगी की मुट्ठी से गिरता चला जाएगा।

ख़त आता है तो लड़का सपने बुनने लगता है।

शायद अगले ही पल कोई करिश्मा हो जाए। कुछ भी 'बिग बैंग', बड़ा धमाका हो, और दुनिया बदल जाए!

नारा

रमोला के डैडी एक लाइलाज बीमारी से पीड़ित हैं... उन्हें सोते जागते अपने खिलाफ नारे सुनाई देते हैं, नारे लगाने वाले लोग भीड़ में बदल जाते हैं, भीड़ बढ़ती जाती है।

चंद्र किसी तरह रमोला से शादी करना चाहता है। रमोला के डैडी का मानना है कि चंद्र उसी तरह फैक्ट्री चला सकता है जैसे उन्होंने वर्षों चलायी है, वह उसे घर दामाद बनाना चाहते हैं। चंद्र भी तैयार है लेकिन रमोला विरोध करती है।

***

रमोला के डैडी ने कपड़े उतार दिये हैं। नंगे खड़े हैं। रमोला जानती है, डैडी जब पीते हैं तो खूब पीते हैं और लड़खड़ाने लगते हैं तो कपड़े उतार कर खड़े हो जाते हैं। और कहते हैं, ''लो मैंने कपड़े उतार दिए हैं, अब लड़खड़ाऊंगा भी, तो क्या कर लेगा कोई मेरा, है न मैनेजर...!''

मैनेजर सिर हिलाता है, सिर हिलाने का उसे पैसा मिलता है। रमोला दांत पीसती है। डैडी ने सिर हिलाने वालों की एक पूरी टीम तैयार कर ली है।

सेक्रेट्री उच्च श्रेणी की शराब गिलासों में डाल रहा है।

डैडी की नग्नता और सड़क पर खड़े भिखारी की नग्नता में अब रमोला अंतर करने लगी है। कपड़े उतार कर डैडी ने अपनी बकबक शुरू कर दी है।

''मैं तो साला हमेशा अपनी बीमारी से तंग हूं और अपनी बेटी से मजबूर...और यह कुत्ता...''

डैडी दरवाजे पर बैठे बुलडॉग की तरफ इशारा करके कहते हैं।

''साला यूनियन लीडर! मेरे पट्टे से बंधा है। मेरे तलवे चाटता है, उधर मजदूरों को इकट्ठा करके बोलता है।

''नई चलेगी... नई चलेगी... तानाशाही नई चलेगी...'' हंसते हैं।

''मुर्दाबाद...मुर्दाबाद... किसको बोलता है बे...?''

मैनेजर ने अपने कान खोल दिए हैं और सिर हिलाने को तैयार है।

बुलडॉग जुबान लपलपा रहा है।

डैडी फिर शुरू हा जोते हैं। "एक दिन क्या बोला साला यह कुत्ता मेरे को...? उस वक्त उसको पट्टे से नहीं बांधा था, तो मालूम क्या बोला... "बेचो अपनी फैक्ट्री और बांट दो पैसा मलदूरों में...! सले, खीाने को नहीं घर में...क्या खा के क्रांति लाएंगे? मैं तो साला अपनी बीमारी से तंग हूं और बेटी से मजबूर! वर्ना बता देता।"

"एक बार 'फोर्ड' जैसे उद्योगपति को भी मजदूरों ने बोला था..."

बुलडॉग डैडी के पैर चाटने लगता है।

मैनेजर सिर हिलाता है।

एक दिन बातों बातों में रमोला ने कहा था।

"लेकिन डैडी, एक दिन के लिए, सिर्फ एक दिन के लिए, जब यूनियन लीडर को अपनी अंतरात्मा याद आएगी तो उसका गिरेबान पकड़कर मजदूर जवाब मांगेगा, तब वह क्या जवाब देगा?"

"वह बुलडॉग? हमने अपनी जुबान उसके मुँह में रख दी है। वह गीदड़ बन जायेगा और उसकी शामत आ जायेगी।"

"नहीं डैडी, यह आपका भ्रम है। वह जब तक हमारी दहलीज पर भौंक रहा है। ठीक है, लेकिन जब दहलीज से हट जाएगा तब क्या होगा? दहलीज पर भौंकने से पता ही नहीं चलता कि वह मजदूरों पर भौंक रहा है या हम पर! क्योंकि हमेशा दहलीज पर बैठने वाले बुलडॉग बाहर ही नहीं, अंदर भी भौंकते हैं।"

***

रमोला बंगले के लॉन में खड़ी है। चौकीदार रामआधार पांडे के हाथ में लड्डुओं की थाली है और वह लड्डू बांट रहा है।

"मैडम मैडम! मुँह मीठा कीजये...लड़का पैदा हुआ है।"

"बड़ी खुशी की बात है। बधाई हो।" रमोला कहती है।

"नहीं मैडम, ये खुशी की बात नहीं है कि लड़का पैदा हुआ है...ये कौनू खुशी की बात नहीं है। खुशी की बात तो यह है कि इस लड़के में रीढ़ की हड्डी सही सलामत है।"

"रीढ़ की हड्डी तो तुम में भी सही सलामत है।"

"है तो मैडम, लेकिन लचकदार है।"

"तो क्या वह तुम्हारे पूर्वजों के सपने साकार करेगा?"

"हां, हमें लगता है और हमें आज लगता है मैडम, कि सारी दुनिया को लड्डू

बांटें, मगर थाली छोटी है और लड्डू कम!"

रामआधार रूहांसा हो जाता है।

सब यह सोचने में लगे हैं कि रामआधार कब वतन गया था। सब हंस रहे हैं। खिल्ली उड़ा रहे हैं।

"अबे गया नहीं तो लड़का कैसे हो गया?"

लेकिन रामआधार खूब जानता है कि इस तरह के सवालों में फंसकर यह लोग उसे असल मुद्दे से हटा रहे हैं!

असल मुद्दा तो शोषण है, असली समस्या तो ये है कि थाली छोटी है और लड्डू हैं कम!

***

रमोला सपना देख रही थी।

एक औरत उससे कहती है, "मुंबई की सबसे बड़ी मालिश वाली हूं मैं। मैं न सिर्फ आपकी मालिश करूंगी, बल्कि चोली की गांठ भी ढीली करूंगी और ऐसी चम्पी करूंगी कि आप तल पाँव से मस्तक तक मंत्रमुग्ध हो जाएंगी। मैं अगर महाभारत का 'बृहन्नला' नहीं हूं, तो मैं शकुंतला हूं, जिसकी चोली की गांठ सखी बरखा ने ढीली नहीं की है, और जिसके स्तन दूध से भरे हैं, और दुष्यंत कहता है, "जाओ! मैं तुम्हें नहीं पहचानता।"

रमोला के अंदर चंद्र कहता है, "रमोला उठाओ अग्निबाण, तरकश से निकालो तीर, कमान पर कसो और छोड़ दो। अग्निबाण से भस्म कर दो इस भुतनी को।"

लेकिन भूतनी दूसरे ही पल रमोला की सहेली बन गयी। चंद्र फिर हार गया। बरखा, रमोला के गाल चूमती है। ठुड्डी पर चुंबन देती है और होठों पर जुबान रख देती है। रमोला नींद में बड़बड़ाती है। सहेली बरसाती केंचुए की तरह बड़ी एहतियात से, नरम से नरम ढलानों और उठानों पर रेंग जाती है। कोई प्रतिरोध नहीं होता। उसका हाथ सखत हो जाता है। वह रमोला के संवेदनशील अंगों को टटोलने लगती है। जब उसकी उंगलियां कमर के उतार से नीचे झूमर से छूती हैं, तो रमोला तप उठती है... उसे सारे रास्ते जुबानी याद थे। वह ढलान की तरफ उतर गई। रमोला ने टांगें फैला कर सुकेड़ लीं...तड़ तड़ बखिये उधड़ने लगे। रमोला खुद टांगों की कैंची बना कर सहेली बरखा की कमर पर एड़ियाँ मारने लगी। चिंगारियाँ उड़ने लगीं और मुँह से सी सी की आवाज निकलने लगी। सारी दुनिया इस आवाज से जाग उठी। आवाज इतनी तेज थी कि दुनिया को जागना ही पड़ा। बस, रमोला के डैडी नहीं जागे!

***

"बेटी! इस दिन का मुझे डर था।"

"क्या हुआ?"

"होना क्या है? वही बगावत...!"

"आपकी तबीयत तो ठीक है ना? आपने चार बजे वाली गोली खाई...?"

"अभी अभी कोई नारे लगा रहा था।"

"सड़क से जुलूस गुजरते रहते हैं।"

"नहीं, हमारे घर में कहीं आसपास ही कोई न कोई है।"

"टी.वी. प्रोग्राम होगा।"

"तुम समझती क्यों नहीं हो?"

"नौकर चाकर जितने भी हैं, सब भले हैं।"

"ये तुम्हारा भ्रम है बेटी, ये नारा मुझे कई दिनों से सुनाई दे रहा है। बल्कि, अनंत काल से...और चार बजे वाली गोली से इसका कोई लेना-देना नहीं है। इसी दिन का मुझे डर था।"

"डैडी, कुछ नारे हमेशा फिज़ा में तैरते रहते हैं।"

***

वॉचमैन रामआधार गैराज में चादर ओढ़ कर सोता है। लेकिन रात में चादर हट जाती है।

सुबह भंगन झाडू लगाने आती है तो खी-खी करके रह जाती है।

भंगन बड़ी बे-हया है। रामआधार से कहती है। "कम से कम दो बालिश्त की लाल लंगोट बाँधकर तो सोया करो। तुम तो हमारी मति भ्रष्ट कर दोगे।"

राम आधार भरा बैठा है, उसकी नींद अभी टूटी नहीं है। "हां खाते हैं हम रूखी सूखी, मगर पैदा करते हैं हम लड़का, अमीरों की तरह नहीं कि घी मेवा खा के दो पौंड की सूखी सहमी लड़की पैदा कर दी। कौन सा तीर मार लिया और फिर नाक भी ऊंची...थू...!"

भंगन कहती है, "रामआधार सुना है तुम्हारे यहां लड़का हुआ है और वह भी रीढ़ की हड्डी के साथ। तो क्या वह कंस मामा को ख़त्म कर देगा।"

रामआधार भंगन की तरफ देखता रह जाता है।

भंगन अपने कूल्हे हिलाती, खाली टोकरा कमर पर रखे चली जाती है।

***

"ओहो, मैं तो पागल हो जाऊंगा।"

"क्या हुआ डैडी...?"

"फिर वही नारा, फिर वही विरोध की जान-लेवा आवाजें।"

"लेकिन मैंने नहीं सुना कोई नारा, आपके कान तो नहीं बज रहे हैं।"

"मैं तुझे कैसे समझाऊं। नौकर और मालिक में फासले जरूरी हैं, लोग अब हमारे सिरों पर सवार हो गए हैं और नारे लगा रहे हैं। तलाश करो। यहीं कोई आसपास है। ये नारे आज मेरे खिलाफ, कल तुम्हारे खिलाफ लगेंगे।"

"डैडी, नारों का मुकद्दर किसी न किसी के खिलाफ लगना है। क्या आपको ऐसा लगता है कि विरोधी आपकी जड़ें खोद रहे हैं, आपकी नींदें हराम कर रहे हैं?"

"बिल्कुल यही बात है मेरी गुड़िया।"

"यह एक बीमारी है, डैडी।"

"एक भीड़ मेरे ख़िलाफ़ नारे लगा रही है। मुझे लगता है यह भीड़ एक शहर में तब्दील होती जा रही है।"

"यह एक भयानक बीमारी है, डैडी।"

"तुम डॉक्टर गुप्ता को फोन करो।"

लेकिन रमोला जानती थी कि डॉक्टर गुप्ता क्या, दुनिया के किसी भी डॉक्टर के पास डैडी की बीमारी को ठीक करने की कोई दवा नहीं है।

***

"ड्राइवर..."

"आया मैडम।"

"बात यह है, ड्राइवर..."

"कहाँ जाना है मैडम? गाड़ी एकदम तैयार है। लेकिन आप तैयार नहीं हुईं..."

"तुम हमारा नमक खाते हो।"

"जी हाँ...! आयोडिन मिला हुआ नमक! लेकिन बदले में पसीना भी बहाते हैं।"

"जरूरत पड़ने पर खून बहाओगे?"

"क्यों नहीं...मगर ये हमारा एहसान होगा।"

"किसी ने हमारे खिलाफ तुम्हारे कान तो नहीं भरे हैं...देख लो, किसी ने हमारे खिलाफ तुम्हें गलत-सलत पट्टी तो नहीं पढ़ाई है सोच लो, क्या हम तुम्हारा शोषण करते हैं?"

"अगर हम सच कहूंगा तो मैडम, आप हमारा डबल शोषण करेंगी।"

"आज कौन किसका शोषण नहीं करता रामआधार, शोषण तो पत्नी भी पति का करती है, बच्चे बाप करते हैं। खैर! यह बताओ, तुम हमारे यहाँ काम करके खुश हो?"

"नहीं, बिल्कुल नहीं, आपके डैडी तानाशाह हैं। तानाशाही मेरे दादाजी ने झेल ली। वे झेल सकते थे क्योंकि उस समय अनाज सस्ता था। तानाशाही मेरे बाप ने भी बर्दाश्त की, वे कर सकते थे क्योंकि उस समय यूनियन नहीं थी, जो हमें सोते से जगाए, लेकिन आज हम पूरी तरह से जाग गया हूं...पोर-पोर से, अंदर से बाहर से, दाएं से बाएं से।"

"तुम क्या चाहते हो...?"

"हम अपना फर्ज पूरा करते हैं। आप हमें पूरा हक़ दीजिए..."

रमोला ने देखा कि ड्राइवर ने सभी का प्रतिनिधित्व कर दिया है। इस पर डैडी बोले "हांडी का एक ही चावल देख लो। कच्चा है चावल, नादान लड़की! विरोधी सिर उठाए तो उसका सिर कुचल दो। अगर ऐसा नहीं किया तो साँप, अजगर बन जाता है। जरूरत पड़े तो फैक्ट्री में ताला लगाने से भी न हिचकिचाओ। घर के सभी नौकरों को निकाल बाहर करो। मैं एक क्षण के लिए भी अपना विरोध बर्दाश्त नहीं कर सकता।" सोने से पहले डैडी का यह फरमान था।

रमोला नींद से जाग गई। एक कुर्सी उसके सपनों में डोल रही थी, जिस पर डैडी बैठे हुए थे और किसी तरह नहीं उतरते थे।

"अगर यह उतर भी गया कुर्सी से, और तुम बैठ गईं कुर्सी पर, तो क्या शोषण ख़त्म हो जाएगा? ये भी हो सकता है कि जिसे तुम कुर्सी समझ रही हो वो किसी की गोद हो...कुर्सी पर कोई और ही बैठा हो और तुम्हें गोद में बिठाए हुए तुम्हारा शोषण कर रहा हो। और जो शोषण कर रहा हो, वह भी किसी की गोद में बैठा हो!"

इतना कहकर डैडी ने भयानक ठहाका लगाया था और रमोला की नींद उड़ गई थी। वह बिस्तर पर उठ कर बैठ गयी। उसका गला सूख रहा था।

ठंडा पानी पी कर जब वह आईने के सामने खड़ी हुई तो कल शाम की बातें फिर याद आने लगीं।

"डैडी! अगर नौकरों को निकाल बाहर करूं तो फिर आपकी कमर कौन धुलाएगा? आपको कौन नहलाएगा, कौन खाने के निवाले आपके मुंह में डालेगा?"

लेकिन इस सवाल का जवाब डैडी ने नहीं दिया था।

रमोला ने सोचा। डैडी नौकरों की उठी हुई नजरों से भयभात हैं, अगर वो उनकी उठी हुई आँखों में आँखें डाल कर देखने लगें तो क्या होगा? शायद उनका डर दूर हो जाये।

***

एक बहुत बड़ा छप्परखट है और रमोला ने टांगें फैला कर सुकेड़ ली हैं और

टांगों की कैंची बना कर सहेली बरखा की कमर पर एड़ियां मारने लगी है। सी सी की आवाज़ें कमरे में भर गईं, फिर सी सी की आवाज़ें बाहर चली गईं। प्रदूषण बढ़ता गया। इसी प्रदूषण के कारण चंद्र की दाल न गली। और अपनी दाल न गलती देख चंद्र कोई नई योजना बनाने में लग गया।

"डैडी, मैंने बहुत सोच-विचार किया है। आप विदेश जाकर आईये। जरा हवा बदल जाएगी।" रमोला कहती है।

"नहीं, मैं कहीं नहीं जाऊंगा।"

"तो फिर मेरा फैसला भी सुन लीजिये...।"

डैडी ने अपनी तजुर्बेकार आँखों से रमोला की तरफ देखा और चौंक गए।

रमोला एक बुलडॉग में बदल चुकी थी। उसके मुँह से गुर्राहट और आँखों से चिंगारियाँ निकल रही थीं।

डैडी सहम गये। उन्होंने सोचा मैंने इसके गले में पट्टा डालने की जरूरत ही महसूस नहीं की। आखिर मुझसे यह गलती कैसे हो गई?

और तभी रमोला ने फैसला सुनाते हुए कहा।

"आज से फैक्ट्री की देखभाल मैं करूँगी।"

✍✍

छलावा

अंधेरा हमें पूरी तरह निगल चुका है। जंगल की साएं-साएं करीब महसूस हो रही है। दिमाग पर डर छाया हुआ है, लेकिन जिज्ञासा है कि बुलाए जाती है। चारों तरफ घना जंगल है और ऊंचे-ऊंचे पेड़ हम पर झुके जा रहे हैं।

जब हम शहर से निकले तो शहर काफी देर तक हमारा पीछा करता रहा। फिर लगा कि शहर रुक गया है। फिर हम एक मैदान में पहुंच गए थे। जब हम वहां से कुछ और आगे चले तो शहर की रौशनियां एक लंबी लकीर के रूप में टिमटिमा रही थीं। और धीरे-धीरे हम हाथ को हाथ न सुझाई देने वाले अंधेरे का निवाला बनते जा रहे थे।

हम लोग न जाने किस तलाश में अपनी दुनियादारी छोड़कर शाम को इधर आ जाते थे। आज हमने तै कर लिया था कि वह कौन सी चीज है जो हमें लगातार जंगल की तरफ खींचती है, आकर्षित करती है, आमंत्रित करती है और कहती है कि आ जाओ, वहां क्या रखा है! और हम ने न सिर्फ सिर पर बल्कि हर जगह पर कफन बान्ध लिया था। हालांकि अंधेरे में कुछ भी सुझाई नहीं देता था। लेकिन आख़िर तो हमें अपनी मंजिल की तरफ बढ़ना ही था। आज या कल!

अब हम एक लंबी सी जगह पर आ गये थे। ज़मीन का एक छोटा-सा टुकड़ा था जो दूसरी तरफ बड़ी सी खाई में तब्दील हो गया था कि अचानक अंधेरे की आदी आंखों ने देखा, उस जगह के बीचोंबीच एक कुआं है और उसकी जगत पर बाल खोले एक औरत बैठी है, उसका दूध से भी ज्यादा सफ़ेद बदन दमक रहा है और रात से भी ज्यादा काले बाल अंधेरे में अपना आकार बना रहे हैं।

लेकिन यह दृश्य देखकर मेरे पैर मन-मन भर के हो गए, किसी ने अंदर से कहा...

"लो पहुंच गए? यही है वो खोज जो बुलाती है। आगे बढ़ो और पूछ लो वो सारे सवाल कि तुम क्या हो? और क्यों हो? और कहां जाना है? और यह खड़ाग

जो दिखाई देता है, वह क्या है, और वह सब भी जो दिखाई नहीं देता।"

मैं अपने साथियों से पूछना चाहा मगर देखा तौ हैरत हुई कि आसपास कोई न था। मैं तो बौखला गया। मेरी घिग्घी बंध गई। ऐसे में पेड़ और भी करीब आ गये, अंधेरा और भी गहरा हो गया और आसमान तंग!

दूध जैसी सफेद बदन वाली औरत ने पीठ घुमाई और मेरी तरफ देखा। वह मुस्कुराई या नहीं, मुझे नहीं पता, क्योंकि वह एक बे-चेहरा औरत थी। न नाक, न कान, न मुंह, न आंखें, फिर भी उसने अपना चेहरा मेरी तरफ किया था। मैंने बे-चेहरा शाम देखी थी, बे-चेहरा दोपहर को भी जानता था, मगर बे-चेहरा औरत...!

वो हंसी! एक अमानवीय हंसी!

औरत लंबे बालों से ढकी हुई थी, हालांकि वह खड़ी नहीं हुई थी, लेकिन जब वह हंसी तो लगा था जैसे शैतान की ख़ाला हंस रही है, सचमुच जब मैंने उससे उसका नाम पूछा, तो उसने अपना नाम बताया था... "शैतान की ख़ाला!" मेरे तो रोंगटे खड़े हो गए और जब वह हंसी, तो उसकी आवाज़ में एक अजीब सा कंपन और कठोरता थी। परिन्दे इस पेड़ से उस पेड़ पर उड़े। ओह माई गॉड...! मैं बेहोश क्यों न हुआ?

मैं भागने के लिए पर तौलने लगा।

वह औरत खड़ी हो गई। बोली "आ तेरी चटनी बनाती हूं, मेरे सिर का बाल तोड़ने आया है कमबख़्त! मुझे गिरफ्तार करना चाहता है, आ तुझे कुएं में उल्टा लटकाती हूं।"

और उसने चटा-चटा अपनी उंगलियां चटख़ाई! मेरा पूरा बदन पांव बन गया। मैं भागा, मैं खाई में कूद गया, गिरता गया, गिरता गया...

एक भयानक हंसी मेरा पीछा कर रही थी।

***

जब मैं होश में आया, लेकिन कब मैं होश में आया? ख़ैर, जब मैं होश में आया तो लगा जैसे कुएं में उल्टा लटका हुआ हूं, उस शैतान की ख़ाला ने मुझे कुएं में लटका दिया है, वह भी उलटा! बप रे...! हाय, मैंने उसका बाल क्यों नहीं तोड़ा, जो मुझे तोड़ना चाहिए था, जो पीढ़ी-दर-पीढ़ी हमारा असली मकसद था? हाय, मैंने अपनी जांघ में उसका बाल नहीं सिया, जिसका वादा मेरे पूर्वजों ने मरते दम मुझसे लिया था।

मेरा दिल बेचैन था। "तुम उल्टे नहीं लटके हो बेटा! बल्कि सीधे हो, क्या बताएं यह दुनिया ही उलटी लटकी हुई है, बहुत बड़ा कुआं है यह कॉस्मोस, एक

बहुत बड़ी, नंगी, दूध से भी ज्यादा सफ़ेद रंगत वाली औरत बाल खोले बैठी है कुएं की जगत पर और उसने दुनिया को उल्टा लटका दिया है।

***

बदन फोड़े की तरह दुख रहा था। तो क्या उल्टी दुनिया को मैं सीधा समझता रहा... और मेरे पूर्वज? ओह माई गॉड...! लेकिन मेरे साथी कहां गए? क्या वो भी भटक गये? क्या वो भी लटक गए, उलटे? मेरी तरह...क्या वे भी दिशाहीन हो गये! या दिशा से ही बेपरवाह! वो ऊपर रह गए या नीचे? वो दाएं रह गए या बाएं? वो कहां गए? मैं अभी सोच ही रहा था कि दूर, काफी दूर आग का शोला सा लपका और बुझ गया, फिर वह शाला दूसरी जगह लपका और बुझ गया, फिर तीसरी जगह लपका और बुझ गया। फिर चार-पांच जगह, अलग-अलग, छोटे-बड़े शोले लपकने लगे और बुझने लगे... फ्रिज, टीवी, वॉशिंग मशीन, गहने, कपड़े, सफेद कॉलर, कड़क इस्त्री, जायदाद, घर, अच्छी पत्नी, आज्ञाकारी बच्चे, नाम, पैसा! जलते बुझते शोलों की तरह मेरी आंखों के सामने नाचने लगे, मुझे याद आया अपना घर। कहां है मेरा घर? मेरे आसपास जलती बुझती इच्छाओं का शैतानी नाच शुरू हो गया....अज्ञा बेताल का नाच!

मेरे अंदर कोई बोला... "ये दुनिया तो छलावा है मेरे दोस्त, भटकता क्यों है? वफादार हो जा! किसी भी स्तर पर वफादार हो जा! ताकि तुझे सुकून मिले, वर्ना भटकता ही रह जाएगा।"

मैं चलता रहा, चलता रहा। लगातार कब तक साथियों का शोक मनाता, सोचता था कि कोई मिलेगा तो रास्ते का पता देगा, लेकिन कोई नहीं मिला, सूरज चमकने लगा, मैं एक मैदान से गुजर रहा था...हवा की आवाज़ थी, अजीब सी अमानवीय, राक्षसी आवाज़...

आंधियां चारों तरफ चल रही थीं।

हवा अगर सरकंडों से गुजरती तो सीटियां बजाती, कहां हैं वो सरकंडे! हवा अगर पत्तों से होकर गुजरती तो तालियां बजाती, कहां हैं पेड़? हवा किसी बाग़ से होकर नहीं आ रही थी कि महकती। वह किसी सुन्दरी के बालों को छू कर या दुपट्टे को छेड़ कर भी नहीं आ रही थी कि मस्त कर देती। दूर तक सन्नाटा था!

***

हवा राक्षसी आवाज़ में शूं-शां कर रही थी... "भाग जा! भाग जा! भागना तेरा मुकद्दर है, तू बवंडरों में फंस चुका है। बवंडरों में जिन्नों की बारात है, आंधियों में उनके कारवां हैं, कहीं जनाज़ा जा रहा है तो कहीं बरारत! मत कह देना जनाज़े वाली आंधी से, 'अस्सलाम अलैकुम...मुबारक हो"...वर्ना ऐसा थप्पड़ पड़ेगा कि

क़यामत तक याद रखेगा...आह! तू वो नज़र ही नहीं रखता कि जिन्नों को देख सके। वह प्राणी जो पूरी दुनिया का खजाना तेरे कदमों में ढेर कर सकते हैं। भाग जा! भाग जा...।"

अजीब सा मंजर था, क्या लरज़ता, क्या कांपता, मैं एक रोंगटा बन गया जो खड़ा था...

कोई अंदर से बोला, "वफादार हो जा! किसी भी स्तर पर वफादार हो जा!"

एक तरफ से खटखट की आवाज आई। मेरा पूरा बदन कान बन गया। एक ऐसी आवाज भी आई जैसे कोई किसी को पुकार रहा हो। मुझे लगा कि आस-पास ही कहीं बस्ती होगी, चलो चलते हैं, वर्ना अकेलेपन का भूत टेंटवा दबा देगा।

"जिस तरफ तुम जा रहे हो, क्या वह बस्ती इंसानों की है?"

अंदर से किसी ने पूछा तो मैं बुरी तरह डर गया।

क्या कहीं दूर-दराज़ के किसी ग्रह की आवाज़ें इस जंगल में तो नहीं गूंज रही हैं?

मैंने दिल कड़ा किया और सोचा... यह दुनिया एक छलावा है, इससे कोई बच नहीं सकता। चलो जो अंजाम होगा देखा जाएगा। आवाजें आ रही हैं तो जरूर कहीं इंसानी बस्ती होगी। और मैं चलता रहा, चलता रहा लेकिन वो बस्ती नहीं मिली, भटकता रहा कि भटकना तो मुकद्दर था...

हर मोड़ पर "चकवे" बैठे थे या फिर मेरा दिशाहीन सफर ही सांप-सीढ़ी का खेल हो गया था, मैं सोचने लगा...कहां गए वो लोग जो पेट भर खाते थे और डकार भी बड़ी लंबी लेते थे। कहां गए वो लोग जो ज़बान देते थे लेकिन वापस न लेने के लिए, नौकरी उनकी चौखट पर चल कर आती थी और पत्नियां उनके पैर धोकर पीती थीं। उन्होंने एक बार पति का नाम बदन पर गुदवा लिया कि बस... लेकिन आज हर जगह से 'वर्जिनिटी' गायब हो चुकी है! कहां गए वो लोग जिनका चरित्र ठोस था, परिस्थितियों का जिनके चरित्र पर कोई असर नहीं होता था, आज जगह जगह इतने समझौते और झूठ हैं, इतने ढकोसले और बहरूप हैं कि इंसान कभी गैस बनकर हवा में घुल जाता है तो कभी पानी के रूप में बहने लगता है।

***

मैं जाने कितने बरस चलता रहा कि एक व्यक्ति नज़र आया। दूर से तो वह एक बिन्दु की तरह था जो हरकत करता था। ज़रा जान में जान आई! मैं धीरे-धीरे बिंदु की तरफ बढ़ता गया यहां तक कि वह बिंदु एक आकार में बदलने लगा। वह एक आदमी था जो कब्र खोद रहा था।

मैं उसके पास गया। मुझे हैरत हुई कि न कहीं मय्यत नज़र आती है न

कब्रिस्तान! फिर ये शख्स किसके लिए कब्र खोद रहा है? उसने मेरी तरफ देखा तो मैंने पूछा।

"शायद तुम्हारा कोई प्यारा मर गया है?"

"नहीं। कोई नहीं मरा।"

"फिर यह कब्र क्यों खोद रहे हो?"

"कब्र तो खोदनी ही पड़ती है बेवकूफ।"

"किसके लिए...?"

"अपने लिए और किसके लिए? इस आत्मकेंद्रित दुनिया में कौन किसके लिए कब्र खोदता है भला?"

"क्या तुम मर चुके हो?"

"नहीं। लेकिन अगर तुम इस कब्र में आना चाहते हो तो आ सकते हो, इसमें काफी जगह है।"

"मैं जिंदा दफन नहीं होना चाहता।" मैं इतनी जोर से चिल्लाया कि मुझे लगा कि मेरी आवाज पूरे ब्रह्मांड में गूंज रही है।

कुछ सेकंड बाद वह बोला, "तुम आओ, मेरे साथ, तुम्हारे सारे दिलद्दर दूर हो जाएंगे।"

"क्या तुम मेरे प्रति निष्ठा की प्रतिज्ञा करोगे, किसी भी स्तर पर..." मैंने अचानक पूछा।

उसने जैसे मेरा सवाल नहीं सुना और बोला, "मैं यह कब्र तुम्हें दे दूंगा, अपने लिए मैं नई कब्र खोदूंगा।" उसने प्यार से मेरी तरफ हाथ बढ़ाया। मैं डर के मारे पीछे हट गया।

"बस...बस, ज़्यादा बुक़रात मत बनो, समझाने की जरूरत नहीं है... मैं तो छलावा हूं, पूरी दुनिया एक छलावा है। मैं हर जगह हूं और कहीं भी नहीं हूं, मैं श्मशान में अग्या बेताल बन कर नामुराद शोले की तरह लपकता हूं... कभी बे-चहरा औरत बन जाता हूं। कभी आंधी में शामिल हो जाता हूं... तो कभी किसी के आवाज़ देने पर इंसानी बस्तियां तलाश करने लगता हूं...!"

अंधेरा आख़िरी ग्राहक

रात भीग रही थी...

जिस पान की दुकान से मैंने सिगरेट खरीदी थी, वहां एफ.एम. पर गीत बज रहा था...

"आसमां पे है ख़ुदा...और ज़मीं पे हम..."

मैं चर्नी रोड स्टेशन की तरफ धीरे-धीरे चला जा रहा था। आज गाड़ियां कम थीं। मैंने घड़ी देखी, रात के ग्यारह बज रहे थे।

मैं चला जा रहा था अपनी ही धुन में कि तभी मैंने देखा कोई मेरे पीछे छपा-छप चला आ रहा है। पीछे मुड़कर देखा तो वह एक लड़की थी...

डार्क लिपस्टिक लगाए, वह मुझ से कह रही थी,

"भाई साहब...जरा सुनिए।"

मैं रुक गया, वह मेरे करीब आ कर बोली।

"मैं ज़रा आपके साथ साथ चलूं..."

मैं कशमकश में पड़ गया। लड़की के सिर पर घूंघट था। मेरे कुछ कहने से पहले वो मेरे बराबर में ऐसे चलने लगी जैसे हम पति-पत्नी हों।

हम दोनों बस स्टॉप पर आ कर खड़े हो गए।

तभी मैंने देखा, सात-आठ नवजवान लड़कों की टोली चीख-पुकार करती ऑपेरा हाउस थियेटर की तरफ से आ रही थी। वे जोर-जोर से बातें कर रहे थे, सड़क पर धींगा-मस्ती कर रहे थे।

जैसे ही उनकी टोली करीब आई, वह मुझ से और भी करीब हो गई। अब मैं उसकी सांसों की गर्मी महसूस करने लगा। मुझे लगा उसने अपना घूंघट और आगे की तरफ खींच लिया है। नवजवान लड़कों की टोली को देख कर मैं भी थोड़ा घबरा गया था, क्योंकि सड़क सुनसान थी।

वे सभी आवारा लड़के थे। धीरे-धीरे वे आगे जा कर नुक्कड़ से दाहिनी तरफ मुड़ गये। फिर उनका शोर कम हो गया।

लड़की ने घूंघट हटाया, नीचे झुकी और मेरे पैर छूने लगी। मैं उससे कुछ

पूछता, इससे पहले ही उसकी आंखों में आंसू भर आये। वह भर्राई आवाज में बोली।

"आप देवता मानुस हैं, आपका बड़ा उपकार हुआ, मैं धंदे वाली बाई हूं, इसी इलाके में धंदा करती हूं, बस स्टॉप के पीछे, रेलवे लाइन के किनारे, पुल के नीचे अंधेरे में खड़ी रहती हूं, ग्राहक ढूंढती हूं। साथ में पेट लगा है भाई, इसलिए ऐसा काम करना पड़ता है।"

कुछ क्षण बाद कहने लगी, "गए वो बदमाश, कमीने। उनके घरों में मां-बहनें नहीं होंगी। उनकी बहनों पर ऐसा वक्त आए तो...?" लड़की उन लड़कों की टोली को गालियां देने लगी।

"भाई...वो सब तुम्हें देख कर अपने रास्ते चले गए। वर्ना क्या कहू... वो मुझे चौपाटी के समन्दर किनारे ले जाते, जबरदस्ती हवस पमरी करते। राक्षस साले! हम धंदे वाली औरतें...हम भी तो इंसान हैं। पाई-पाई जोड़ कर पैसे जमा करते हैं। ये बदमाश पैसे पैसे भी लूट लेते हैं। पुलिस वाले भी उनके दोस्त हैं। कभी-कभी वो भी ताव मारते हैं। फिर हम जाएं तो जाएं कहां? भाई, आप देव मानुस हैं... गांव में मेरा एक बेटा है, वह इस साल मैट्रिक की परीक्षा देगा, पैसों की जरूरत है। बाप की आंखें कमजोर हो गईं। पति शराब पी, पी के मर गया। भाई भावज कभी किसी के हुए हैं? मजबूरी में यह रास्ता पकड़ा। कल मनीआर्डर भेजना है। पैसे मेरे पर्स में हैं, अगर आप न होते तो वो शैतान मेरे पैसे भी लूट लेते। लड़का मैट्रिक कैसे करता...?

आंखों से आंसू बह रहे थे। बातों से लगता था कि वह कोल्हापुर के आसपास की है। मराठी बोलते हुए कन्नड़ भाषा का रंग झलकता था। वो धन्य नजरों से मेरी तरफ देखने लगी।

मेरी बस आ गई, मैं बस में सवार हुआ। सड़क सीधी थी। वह देर तक मुझे नज़र आती रही... बस स्टॉप की रेलिंग के सहारे खड़ी थी...

और शायद अंधेरा उसका आखिरी ग्राहक था।

www.ingramcontent.com/pod-product-compliance
Lightning Source LLC
LaVergne TN
LVHW021053100526
838202LV00083B/5846
9788119889082